主编　凌翔

当代著名作家精品 / 散文卷

茉莉的邂逅

唐士莉　著

文化发展出版社
Cultural Development Press

图书在版编目（CIP）数据

茉莉的邂逅 / 唐士莉著．— 北京：文化发展出版社，2020.11

ISBN 978-7-5142-3241-7

Ⅰ．①茉… Ⅱ．①唐… Ⅲ．①散文集－中国－当代 Ⅳ．①I227

中国版本图书馆 CIP 数据核字（2020）第 203121 号

茉莉的邂逅

唐士莉 著

责任编辑：魏　欣

出版发行：文化发展出版社（北京市翠微路 2 号 邮编：100036）

网　　址：www.wenhuafazhan.com

经　　销：各地新华书店

印　　刷：唐山楠萍印务有限公司

开　　本：710mm × 1000mm　1/16

字　　数：200 千字

印　　张：13

印　　次：2020 年 11 月第 1 版　　2020 年 11 月第 1 次印刷

定　　价：55.00 元

I S B N：978-7-5142-3241-7

目　录

第二辑　根的故乡

第三辑　忘不了的乡愁

第四辑　邂逅寻常巷陌

第五辑　在那遥远的地方

第一辑　爱上一座城

城市的温度

朋友相约，去市体育馆参加一个活动，一进入体育馆后，来了很多人，排成很多组队伍，每个队伍前有个领头人举着牌子，牌子上写着代表他们队伍的组织名称，我们找到“旗袍沙龙”队伍，并加入队伍中。

这是2019年“大爱镇江”主题活动暨学雷锋志愿服务集中行动启动仪式。来的都是这个城市里的各个慈善组织志愿者队伍，有年老的，有年轻的，各行各业，还有市委宣传部长也来了。

大厅里空旷阴冷，但我们的心却是火热的，有这么多的爱心者，给这个连续阴雨绵绵寒冷的城市带来火热的温度，让这个城市的温度立马上升。

看着志愿者们灿烂的微笑，尽管没有化妆，我认为是最美的，而我们旗袍沙龙的欢颜老师获得“最美志愿者”荣誉称号。

十年前，办公室里的同事跟我说，他的同学在国内曾是某三甲医院的医生，同学的妻子是护士，他们全家移民加拿大。男同学在国外是个卡车司机，每天开着卡车行跑在无人的马路上，有时开一两天的车，都见不到一个行人，很无聊。

他们人到中年移民海外，在国外生活，就是城市边缘人，无法融入当地人的生活圈子。他们感到很寂寞，所以就不断地动员我同事夫妇俩移民到海外，与他们合伙作伴，而我同事夫妇不愿意出国。

同事认为，父母兄妹都在国内，还有同学朋友，没有必要出国。他们的医学本科学历，在国外又得不到认可，到了国外，还要改行，无法再从事医学工作。

现在移民到国外的中国人越来越多了，他们在国外的生活如何？那个城市有温度吗？个中滋味感受只有他们自己心里明白，最温暖的还是家乡的美丽城市。所以，很多出了国的人都变得无比热爱祖国。

一个人想待在一个陌生的城市的理由有很多。其中之一，就是因为这个城市有温度，感到幸福与否跟这个城市的温度是绝对有关系的。

一个城市有没有温度，不单纯看它的城市管理情况、看它的治安，还有服务情况如何。城市不管有多么大、街道建设得有多么漂亮、楼房有多么高大豪华，这都需要有温度，需要有人与人之间的温情存在。

职业是不分贵贱的，城市是由很多普通的、不同职业的人组成的，衡量一个城市有没有温度，应当是靠人情的温暖堆积起来的，而不是以拥有金钱的多少来衡量的。

如果城市里的人都钻到钱眼里去，市侩气氛浓厚，那么在这个城市里是体会不到人与人之间相互给予的温情的。

炎热的夏季高温下，给马路上的环卫工人及十字路口的执勤交通警察送上一杯解暑的杨梅汤，这是有温度的；

过节的日子里，给孤独的空巢老人送去温暖的陪伴和微笑，这是有温度的；

给落难的异乡人以帮助，解燃眉之急，这是有温度的；

关爱城市里的贫困家庭孩子、打工子女和农村留守儿童，这是有温度的。

一方有难，八方支援，体现的是城市里志愿者们帮助落难者一颗赤诚的心，这颗心温暖着你、我、他，也影响着我们，让我们感觉到这是一个有温度的城市，让爱能持续传递下去。

孤独的路上温暖相伴

那天中午我从瑜伽室出来，打开手机一看，有十个未接来电，是我帮扶的一个儿童的奶奶打来的，奶奶从荣炳乡下拎着一桶野生黄鳝到丹徒新城来送给我，从乡下到丹徒新城约有40多公里路，她带着孙女坐着公交车来的，奶奶前一些时间还生病住院的，身体才刚恢复。前一天奶奶打电话告诉我，我让她不要来，她还是硬来了。奶奶跟孙女到新城谷阳站台下车时，外面正下着大雨，由于我没有随身携带手机，所以她打我好多个电话都不通。后来是朋友清雅开车从市中心来接的。当拿到奶奶送来的黄鳝时，同事们都说黄鳝真好，市场上根本买不到的。这让我感动不已，我没有给过奶奶多少帮助，有的只是微不足道的关心，她却记在心里了，一直记挂着。

五年前，区妇联组织我们做“爱心妈妈”，关心帮助农村孤儿或贫困家庭孩子。那次还举行了个仪式，我们单位有八位妇女来到帮扶的那个荣炳镇某村委会，有四个孩子需要我们帮助，那天市妇联主席，区妇联主席都来了，我印象最深就是四岁的悠悠，还被奶奶抱在身上，齐耳的娃娃头短发，看上去乖巧可爱。我们都想去抱一下她，逗逗她，她有些认生，见到生人有些害怕，不敢接近我们。那时奶奶看着还很年轻，有一头乌黑的头发。后来连续几年，每年春季我们都会去小学校看这四个孩子，带些文具书包和钱分给孩子们。

去年冬天，我们这连续下了三场大雪，这是十几年来很少见的，想到悠悠，我打了个电话给悠悠爷爷，问了下她的情况。雪化后，快过年了，朋友清雅听说了悠悠，愿意和我一起来帮助这个小女孩。她开车带着我一起去悠悠家里看她，从城市开到荣炳村里要一个多小时，一路上我们不断打电话问路，后来快到村口时，悠悠和奶奶到村口来接我们，见到悠悠，虽长高了，但和同龄的孩子相比显得瘦小，还是那么害羞，总爱低着头，不说话。我给悠悠买了件羽绒服，给她试了下，大小合适。朋友包了红包给她。悠悠的奶奶老多了，满头白发，即使染了色也盖不住了。奶奶只比我们大六岁，我们让悠悠也喊我们奶奶，交谈中，才得知悠悠的爸爸是独子，他是因交通事故死亡的，后来悠悠妈妈扔下她离家出走了，悠悠奶奶爷爷家从此成了失独家庭，爷爷奶奶还要照顾老人，扶养年幼的悠悠。

悠悠爷爷每天贩鱼到家附近的集市上卖，卖不了几个钱，奶奶在家忙田里，养几头猪，夫妻俩还有政府低保和失独补助金，如果不生病的话，家里也能过得很好，可爷爷患有腰椎间盘突出症、类风湿关节炎，不能干重体力活。奶奶说自从儿子走后，她精神彻底垮了，多次生病住院，今年又因为胃窦脂肪瘤要住院治疗。在跟她接触交谈中，我能明显感受到她内心深处的抑郁和不开心。感觉她心思沉重，表情落寞，儿子的突然离去，对她来说是个沉重打击，她内心一直痛苦地纠结着，始终无法走出阴影。奶奶也是个很知道感恩的人，那次因为春节前去看她们，我们临走时，奶奶非要拿出家里自己养的土猪宰杀的肉和栽种的红薯送给我们。她觉得让我们空手回去有些过意不去。

四月奶奶住院，我和清雅去医院看她，奶奶躺在病床上，不开心地说：为什么疾病总是来找我，我真倒霉，我从来没有做过对不起别人的事。我们开导她，谁都会生病的，让她想开些，要把身体养好，孙女将来还需要她的照顾，我们会尽所能帮助她们的。以前我只是单纯地想帮助悠悠，因为她是个可怜的孩子，自从接触奶奶后，我发现最需要帮助和安慰的是奶奶。

奶奶出院后，说生病后，门诊和住院医药费用自费部分就花去近2万元，我跟区红十字会帮她申请了1000元的困难救济，又查到市卫计委几年前为帮助失独人员购买的住院护理保险，住了7天，可以拿护理费700元。在我一位亲戚的帮助下，把她的情况向她居住地的乡镇政府民政所反映，乡镇民政助理了解了她的真实情况后，答应按照她的情况在符合政策帮扶的条件下，将他们的低保补助费用每月再涨一些。乡镇助理问她为什么不早点来找他，奶奶说：不是特别困难了，就不会来麻烦政府的。在欢颜朋友的帮助下，我们又将她家列入当地最大的慈善组织——金山公益组织。金山公益组织负责人说，以后会安排一对一的公益人员帮扶她们。

我一直在寻找能更多帮助她们的途径，在帮扶的过程中，我感受最深的就是，这样的家庭在经历丧子之痛后，身心遭受严重打击，身心健康是个问题。心情的不舒畅，会导致各种疾病接踵而来，让日子变得雪上加霜，常年看病自费所花的医药费导致经济困难，生活陷入困境。另外，他们都有意地疏远人群，与社会脱离，内心十分孤苦，很难走出痛苦的旋涡，这就迫切需要有专业心理医生的疏导，更需要有社会爱心人士和组织的温暖帮助。所以，希望有更多具备专业心理师资质的人员加入社会公益组织，去帮助这些困难家庭。

奶奶这次送来黄鳝，让我感受到，我帮助了她们，同时，我也收获到一份温情，是奶奶的感恩之情，这份情是人间最美的没有血缘关系的亲情，将伴我走过以后的人生路。

感受“无龄感”

在镇江有这样一群妈妈，她们的年龄跨度从 30 岁到 80 多岁，优雅知性，热爱旗袍，热衷慈善。她们组成了镇江旗袍沙龙，至今成立有十年了，沙龙根据成员各自的兴趣组成女红组、读书讲解组、茶艺组、走秀组、跳舞组等，展现了妈妈们多才多艺的一面。有幸，我也能成为其中的一员。

年近不惑，身体有些器官渐渐地表现出衰弱的迹象，让我感到恐惧，同时也很无奈，谁都无法阻挡生命渐进地走向衰老过程，这让我多了很多思考。一次机缘巧合，我被一位练瑜伽的朋友拉入旗袍沙龙。初次进入这个群体时，见到这么多比我年长的人，我对自己所体会的“老”有了怀疑。她们从事各种行业，有退休的，也有很多在职的，有医生、有护士、有老师、有公务员、女商人、家庭主妇及自由职业者等。与姐妹们接触后，她们成熟乐观的心态、热心助人的举动、友爱互帮的待人行为方式、睿智的思想、开阔的眼界，都让我深受触动，我只感觉到一种“无龄感”。

曾经，我思考：当我老了，我该怎么过？是孤独地老去，还是依附于子女？这两种方式我都不能接受。我不敢想象将来的日子。拖累子女于心不忍，终老孤独又实在无法忍受，依附于社会好像又觉得看不到任何希望。我和同龄的姐妹相聚时，有时走在南山绿道上，我们边走边谈论这个问题，最终我们观点一致地认为要趁早锻炼身体，既保持身体健康，又要调整好心态，让自己老了时生活质量有提高，并可以有尊严地生活着。

我的外婆生活在农村，她有着根深蒂固的“养儿防老”的传统养老观念。她日出而作，日落而息。农耕于田，四季轮回。崇尚儿孙绕膝之乐、几代同堂之福。以粗茶淡饭过日子，儿孙多了，有好吃的自己舍不得吃，全留给孙辈。长年的农田耕作，操劳不完的儿女心，过早地让她头发花白、皮肤粗糙，穿着粗布衣衫，住着很简陋的房子，门前两口大水缸，一口用来存水，另一口用来腌咸菜。院子旁边养着猪，养着鸡鸭鹅，门前种着菜，有做不完的农活和家务事。每个星期有一天赶集的日子，那天一早，外婆会梳洗一下，穿着清爽些去赶集，在集市上采购生活用品，有时买点肉，常常在集市会碰到亲戚朋友等熟人，就在一起热烈地聊天，问长问短。我觉得此时是外婆最开心的时候，她的笑声和嗓门都会高很多。我高中时曾跟她生活了一段时间，觉得外婆她真苦，就这样粗糙地生活一辈子很不值得。但现在我的观念变了好多，随着现代物质生活越来越丰富，现在高血压、糖尿病等慢性病人增多，很多慢性病患者需要改变生活方式。这时我发现，外婆的生活和饮食非常健康。外婆现在 90 多岁了，日常多吃红薯、自己做的饼和新鲜蔬菜，常将各种豆子混合磨成粉煮菜粥喝。她现在尽管腿脚有些无力，却还在每天关心着她的菜园子，去园子劳作，保障蔬菜自给自足。

作家三盅这样定义“无龄感”：抛开自己年龄约束，跟随着自己的心意，让自己保持一份与年龄无关的青春式追求的生活方式。他放言："生命只有疲倦时，而没有衰老时。"人生的最高境界就是无龄感，我在镇江旗袍沙龙这个群体中，坚持向上的生活状态，超越年龄的限制，学习一切感兴趣的东西，为时并不晚，这才真的是为自己而活。

气质如兰的公益人欢颜

“安得广厦千万间，大庇天下寒士俱欢颜”，我想欢颜的网名也就是这样得来的吧。认识欢颜快有一年了，我觉得她是一位蕙质兰心的女人。

兰花是我养的花中最难养的花，别看简单的绿色叶子，浇水、上肥、通风、日照都很讲究，水不能常浇，一次要浇透，上肥料要春秋季，要半荫着，这很难把握，养不好就烂根了。

兰花开花也不易，一旦开花，从剑鞘般的绿叶丛中冒出，清新淡雅、脱俗的样子，让人不禁产生爱怜。香味更是幽然地飘散出来，若有若无的，弥漫在空气中，如丝般沁入心脾，让人回味，香而不浓郁，超然于世间，花期能保持有一个月之久。

登山在山坡，常在山坡牙缝中看到一丛丛的兰花，黄色的花静默地开着，花虽弱小却显示着与众不同，有着独立于世的坚强。它也许没有牡丹的富贵大气，也不如玫瑰的艳丽芬芳，但它的花香正好。

欢颜老师就是这样一位如兰花般的女人，与她相处的时光里，我越发地欣赏她。我们都爱好写作，常常会在一起交流写作的感悟，也常会有会心的一笑，因为彼此懂得。

最先认识她，是我进入读书组后，看到她在荔枝微课平台朗读赛珍珠的作品《大地》，她读得很好，并免费让我们听，一直跟随她听完。

赛珍珠的作品由于版权的问题，在市场上买不到，我对赛珍珠的初步认识，也正是从听她读《大地》开始。这也引起我的兴趣并加入了她组织的博物馆义务讲解员队伍。

受她的影响，我重新拾起笔，开始写作，进入简书齐悦社群写作班，认识很多文友。她是个爱学习的人，并愿意与人分享。与她相约一起去扬州听文学大师们讲课。

我们互相介绍喜欢看的书和听书平台。一起买“十点课堂”上清史学者李源讲关于曾国藩的讲书。一起加入樊登读书会会员，收获不少。

尝试投稿报社，我发表在报纸上的文章也有不少篇，有不少篇发表在正翔语专题公众号上，认识很多写作方面的导师，也认识很多志同道合的笔友，不断地看书，充实自己的知识，并走在写作的路上，越发地坚定不移。

欢颜老师很忙，镇江旗袍沙龙读书组人员队伍在不断地壮大，她的心始终在公益路上。每天的清晨，她定时发关于朗读的素材在旗袍沙龙读书群，让姐妹们练习朗读。她关心的是：大家的进步如何？如何让大家提起兴趣？如何快速地进步起来？如何发动更多的人去做公益？

欢颜老师请了些老师，搞了很多次活动，由于母语的局限性，让很多姐妹学说普通话确实有很大的难度，在欢颜老师的坚持下，有些姐妹克服困难，每天练习，有了进步，博物馆和赛珍珠馆志愿者讲解队伍不断地壮大，我们在公益的路上走得越远、走得更实。

多年前，曾在一本杂志上看到一篇文章，那时，社会氛围都在宣传女人要如何强大，事业要如何成功，然而这篇文章是一位台湾人写的，她写道：台湾或香港的一些文化人，退休后，常去做公益反馈社会。他们会去博物馆做义务讲解员，来度过自己有意义的后半生。

欣然地加入博物馆义务讲解员队伍，讲解的过程中，我也收获很多，不断查找资料，补充自己的历史讲解，知识点也更加丰富起来。和欢颜老师一起去历史古街巷踩点，寻觅古迹，我们还相约写书，有很多想法，但是由于她很忙碌，都进展很慢。

有一次，跟她去采访一位老宅后人，在约定的地点等了好一会儿，她都没有来，我很着急，后来知道她去买了水果，送给被采访人家，因为那家有一位老人，已九十岁高龄。她就是这样一位懂得礼节、善解人意的人。

一些有心理困惑的姐妹，有了烦恼都会跟她说，她曾笑着跟我说："茉莉，我们属于疗愈系列的人，会疗愈受伤的人。"

她还加入了金山公益组织，参加其他公益活动，关爱空巢老人、失独家庭等，很有爱心，帮助公益组织写材料，不求回报。一起参加公益活动时，有时我们当面夸赞她，她会脸红。公益舞台上，总是默默地退居幕后，给新人机会。喜欢把新来的姐妹推到台前，让她们有展示的机会。每一位新人去博物馆试练讲解，她都会亲自到场聆听。

阿梅说："现在这个社会，都讲究金钱，跟着别人参加活动，不小心就会掉入坑内，跟着欢颜老师，我们就放心了。"

我做博物馆讲解志愿者

我做博物馆讲解志愿者已有三次了，现在负责讲解的是博物馆内的浮雕墙。

浮雕墙上主要是镇江的历史名人。第一次试讲解时我很紧张，特意请来一位熟悉镇江历史的朋友听我讲解，想如果在讲解过程中，我忘了讲解词，他可以帮我补充。开始讲解还算顺利，后来，没想到这位朋友还给我填加很多讲解内容，让我的大脑顿时膨胀，有点儿发晕了。

我第一次讲解服务的客人是一对年轻夫妻，他们听到一半就听不下去了，客气地跟我说有事要先走。接下来，来了一拨客人，我吸取先前的经验，索性不背稿子，放开胆量讲，想到什么就讲什么，不停顿地对浮雕墙上的每一个人物做讲解。讲完后，我顿时清楚了，讲解词也更加记忆深刻。

又来了一对老夫妻，老先生对浮雕墙的历史人物很感兴趣，不停地问我问题，我讲到孙权于公元209年在镇江建立铁瓮城，他问孙权是镇江人吗？我说不是。我讲到刘裕的父母刘皇墓在镇江谏壁雩山，他问刘裕墓在镇江吗？我讲到扬子江战役，他又追问这是什么战争，谁领导的？那天我还讲到北固山卫公铁塔、金棺银椁，金棺中发现有释迦牟尼的舍利子，他问法门寺的舍利子是怎么回事？后来又有人问浮雕墙上“天下江山第一楼”是什么意思，一连串的问题，问得我头脑发蒙，我什么都不知道，只能把讲解词机械地讲给他听。

晚上回到家，我上网一一查找，好在360、百度上都能查到，使我了解了更多。几次讲解经历，我服务了上百位游客，得到了他们的感谢、赞赏和认可，同时我也学到了很多历史知识，我在传播知识的同时也丰富了自己、锻炼了自己。

每有客人来，我就跟客人说：“你好，对浮雕墙感兴趣吗？想听的话，我帮你们义务讲解，我是志愿者。了解了这面浮雕墙，也就了解了镇江的历史人物，你们到各景点参观也就更明白了。”我的志愿讲解之路还将一步一步地踏实走下去。

第一次做急救培训讲师

从省城培训回来，一直期待着能走上讲台，做一名真正的红十字会急救培训讲师。尽管这么多年，工作中一直看着别人在操作、培训学员，操作程序虽已熟记在心，但真正轮到我独自讲课的时候，内心还是有些紧张的，提醒自己不断地做些准备，加强自我训练。

私下跟区红十字会的韩科长试讲过几次，心肺复苏的理论和操作，还有各种外伤救护包扎等，让韩科长当模特进行各种实践操作。

平时在办公室，有空就翻翻看看，进一步熟练课件。讲课的前一天，休息日，晚上临睡前，在家里书房里，一个人对着电脑又试讲了一遍，然后早早地睡觉，准备第二天有充足的精力好讲课。

早上醒来，想着已准备充足，很轻松地在看别的书。老公走过来看着我，随口说："你今天要上课，还看别的书，应该把讲课的内容再复习一遍。"

我听了顿时心里又慌张起来，拿起包，提早去单位，上电脑又复习一遍，想想做讲师也真不容易，现在还不能脱稿讲课，所以心里还是没有足够的信心。

红十字会的韩老师开车把我送到讲课的企业，带着模拟人和试卷。

今天气温很高，韩老师不能陪我，她要去乡下福利院慰问。所以，只能我一个人在企业讲课，没人帮我壮胆。

一进入会议室，里面坐了不少年轻人，四五十人，看着他们年轻的，充满朝气的脸庞，我的心也蓬勃起来。

先开始有一个负责经理上台讲了话，然后我开始上课，先讲了心肺复苏理论部分，后来又讲了灾害事故及防灾减灾，讲了突发公共卫生事件的概念、定义、分级、救助原则，意义和目的及灾害现场的特点，让大家对突发公共卫生事件有个理解和认识；然后重点讲了火灾事故，如何安全逃离；地震时，如何避险与抢险；发生溺水意外后，如何水中救护和岸上救护，对溺水者如何控水，讲了溺水救护肩扛法、伏膝法和海氏法；简单讲了电击伤害、中暑、狂犬病救护原则和蛇咬现场急救原则等。讲完后，进行现场心肺复苏操作演示，后让年轻人上台亲自动手操作体验。

心肺复苏操作，等他们上台来亲自体验时，每个人显得手忙脚乱，不知如何做起，我在旁边不断地进行指导，按程序步骤手把手地教他们。他们毕竟年轻，操作一遍后，很快地就掌握要领。

我鼓动多一些小伙子上台进行操作体验，因为他们体能好，胸外按压比女性占优势，不少年轻人碍于面子，不好意思上台，到十一点了，已讲了两小时，结束课程。

回顾课程，课上我只顾自己讲，与台下听众互动较少，以后要注意弥补。等课讲多了，自然熟练，就可以脱稿讲课，那样也能轻松地增加互动环节，讲课的效果就会更加好起来。

第一次讲课，就这么很顺利地过去了，有些事不去尝试，不去努力，你永远不知道自己有多大的能量，只有经历过，才会走得更远。

恒河边练瑜伽的中国女孩

练瑜伽的时候，认识了瑜伽教练魏云，见到第一面，给人的印象，是一个淡然、安静的女孩，纤细清瘦的身材，眼睛笑眯眯地望着你，话一点儿不多，有些沉默。但跟她在一起，并不觉得闷。

她自带一种超然、恬淡的气场，每当换过瑜伽服匆匆走进瑜伽室时，看到她静静地坐在瑜伽垫上正等着我们，放下垫子，坐在她边上，没过一会儿，就会感觉浮躁的心慢慢地降下来，随着舒缓的音乐响起，跟着她，做起瑜伽动作，心一点一点地沉静。

她是个外乡女子，来自中原河南驻马店，芳龄二十七，这么一个看似文文弱弱的女孩子，敢于独自在外乡创业，着实要有些勇气和胆量。

人虽瘦弱，身体却很柔软，是块练瑜伽的料，做起瑜伽动作来，身形自如，灵活到位。一次跟她练习垫上普拉提，她过来用手帮我压肩部，手上很有力。

她说：瑜伽不是会劈叉，会倒立，会把脚放头上。瑜伽真正带给我们的是：前屈的谦卑、扭转的释怀、站式的力量、倒立的勇气、还有平静的宁静。

去年有一天，她跟我说：唐姐，以后要请你多帮忙哟。我没在意。今年，她自开的瑜伽馆就成立了。朋友圈看到她发学员练瑜伽的图片，也会发些练瑜伽给身心带来哪些益处的文字，发一些有点哲理性的所思所想，吸引我关注。

最近，看到她去了印度，进行瑜伽深造，拍的具有异域情调的图片好美：早上迎着冬日里最明媚的阳光在恒河边致敬，一遍一遍地习练，忘却了寒风的凛冽；中午，上山探望在山洞里修行了60余年已经开了第三眼的瑜伽士，为我们这些迷途不知返的孩子们“答疑解惑”，但却没有寻到答案……

相比于身体上的痛苦，情绪/精神上的疼痛更让人难以摆脱。每天重复在高强度及烧脑动作的练习中，发现身体在慢慢地自我修复，体态也越来越轻盈，呼吸、体式和身体契合度也越来越高，一个小时的冥想课程专注力也能一直保持觉醒，而身边达到完全的放松（enjoying）。

练习一切随之而来，来时拖着这具已不再有能量的残骸及各种困惑，在一遍一遍的习练中已然悄悄地给我以“答案”，时光流逝而不舍。享受每个时刻，就像是人生的最后一天的最后那个时刻。

这如诗如梦的文字像一篇散文，我眼中浮现出一个清丽的中国女孩，清晨现身恒河边，带着虔诚的心，柔韧地做着瑜伽动作，恒河天边一轮晨曦慢慢升起，人与自然交相辉映。

人到中年，我们身上都带有太多的枷锁，有忧虑、有烦恼。有对家人、朋友的身体状况的忧虑，有对未来面对衰老的恐惧，也有对子女学业的担忧，还有长年累月积累下来附加在身上太多的牵绊和束缚，让我们无法解脱。能够潇洒地抛却一切，是不可能的，对于生命如何活着的意义思考，也无暇顾及。

有些人看似潇洒，一转眼就不见了。有些人踏实做事，还坚实地向前跑。我们对于幸福的理解会随着现实的转变而变化。

最近看了英国作家毛姆写的《刀锋》，感触颇多。拉里是一位空军飞行员，参加过第一次世界大战，战后带着一身荣耀回来，拿着国家给的军人津贴，他才二十一岁，有着光明的前程。然而，由于在战争中他亲历自己最好的朋友为救他而牺牲，心理受到了伤害。他的人生观完全转变，放弃高薪厚禄，解除婚约，辞别亲爱的恋人，浪迹天涯，到煤矿井底挖煤，到农场主家里做苦工，后来跟随印度僧侣流浪到印度，来到恒河边。

清晨，他看到一幅令人无法相信的场景，目睹成千上万的人来到河边洗净沐浴和祷告。一些人洗过后，须发虬髯，光着身子，只有一条布兜带子遮住下体，伸出两只长胳臂，仰着脸，面对冉冉升起的太阳高声祈祷。那场面让拉里感叹不已，那些人在毫无保留的、不掺杂任何疑虑的状态下，虔诚地祈祷，信仰他们的宗教。

拉里接触到了佛教，认识生命"轮回""无限"理念。对灵魂和躯体有了另外一种认识。印度教徒认为人的灵魂与宇宙共存，和日月同生，其本质由前世定，让他着迷不已，他跟着印度朋友学习瑜伽。到人迹罕至的深山密林中去修行，做圣徒，让自己在自然的修炼中，洗净心灵的尘埃，从而有了精神境界的感悟，达到忘我的境界。"天人合一"，忘却一切烦恼，抛却一切杂念和私心，让人回归纯洁的心灵状态。

魏云到恒河边，也看到这样的场景，认为很多人沉迷于心中的枷锁，始终打不开，如果放下，面向阳光，一切会回归美好。

投稿随感记

周日，跟老公、儿子一起去看望公公婆婆，一进门，公公对我说：“你写的那篇刊登在《京江晚报》上的文章我看到了，写得不错，趁年轻，利用业余时间多写写文章挺好的，你在卫生系统，要多写写卫生系统的好人好事。”

公公是位老党员，镇江师范学校毕业后，跟着全班同学支援新疆建设，在西北边陲一个团场教书育人十多年，后来调回丹徒。他擅长书法，喜好写作，退休后，家里订了很多报纸杂志，常常伏案笔耕，一坐半天。曾经他的书法在县里多次得过奖，回到镇江后，写的文章也时常被发表。

可是现在他老了，由于不会使用电脑，他无法自己投电子档稿件。他有时会让我们帮着打印投稿，时间长了，他不想麻烦子女。

那天，我在微信群里聊天，大家谈论现在的写作投稿，多媒体时代，一切都发展得很快，网络上作者投稿的方式花样繁多，有的在“简书”“有书”等平台磨炼一段时间后，成为签约作者；还有给微信公众号平台大号投稿；或是其他有名气的付费专题投稿等。可是从“小白”开始，最后能在写作上有所发展的人，却是凤毛麟角。有些人向公众号、专题投稿，发表的原创作品最后却不属于自己了。

还听到了一个新生事物，就是从事区块链平台写作的作者，听说收入不菲。这些要耗费人很多精力和时间，常常有人半夜三更还在写作。长期熬夜，这种疲于奔命式的写作，总有一天会让人感觉厌烦。写作要有一定的经历和生活体验，还要有灵感，没有生活阅历，没有更多地知识积累，写不出生动感人的文章。

现在很多报纸杂志也顺应时代发展，采用电子版及有声读书版块。我个人是比较喜欢报纸的，这种方式投稿，一是经过编辑的严格审核，对我的写作水平提高快。二是经常看书读报，对眼睛伤害也小。最近几年，医院里眼科病人增多，人满为患，从另一方面也反映出电子化阅读对眼睛的伤害很大。

我将报纸和网络媒体上的文章作了比较，发现报纸上的文章质量很高，因为有很多水平高的专业编辑审稿；网络上的文章有很多质量很差，有些错别字多，逻辑混乱，只为追求电子排版画面的好看。还有用夸张的标题吸引人，没有实质性的内容，俗称垃圾文章，但是点击率、阅读量高，实在让人费解。

笔友欢颜常跟我说：写作的路崎岖漫长，但那颗追梦的心啊，永不彷徨。

念着那千年蜡梅

每年的深冬，无论外面多么寒冷，我都要出门，去南山招隐寺里看那一株“千年梅桩”枝条开花了没有，多是双休日去，有时一连跑几个星期，只为看一眼蜡梅花盛开的样子。

在那寂静的山谷里，树木萧条，枯藤败叶，似乎万物都在沉睡，只有梅岭那一坡顶，枝条吐蕊，绽放出美丽的黄色的、粉色的、白色的，玫红色的花来。先是黄色先开，开满树，香气幽幽充满山谷。它清奇的姿态，吸引着人们踏足欣赏。

此时的冬天，游人稀少，没有古琴的音乐伴奏，没有仙女来赏花，只有山谷中回旋的风陪伴着它，吹过它摇曳的身姿，如清风拂柳般。但并不挡住它的美丽，喜欢它的自然会惦记着，每年的那一天，如约而来。如沉淀的岁月，千年不败。亦如赴一场美丽的约会，从不爽约。

母亲说，我是冬天出生的，正是最冷的天，要过春节了，北方处在白雪茫茫的世界，南方正是蜡梅开放的时候，出生在西北地窝子里的我，正如这小小的蜡梅花，不管环境多么恶劣，都能坚韧地成长。母亲就如那千年梅桩的枝条，给我们营养，支撑着我们一点点长大。

当时年轻的母亲才二十岁，远离亲人，没有依靠，月子里只能自己照顾自己，父亲不太会照顾人。

多年后，我远离家人，来到江苏，有了自己的家，在一个陌生的城市里，朋友很少，面对困难，自己要独立承担，没有依靠，正如蜡梅花，努力地吐出自己的芬芳，也要经受雨雪、寒风的洗礼。

我帮扶的悠悠，父亲出车祸走了，母亲改嫁，留下她跟着爷爷奶奶生活，瘦弱的身躯，比同龄孩子都小，也如一株蜡梅花，坚韧地成长。

蜡梅花越是经历奇寒，越要绽放美丽，哪怕是冰天雪地，雪上梅俏。人也一样，越要经历磨难，也越成熟坚强：梅花香自苦寒来。

夏日的遇见，角直古镇会文友

人生有多少相见，匆匆而过，让人不舍。又有多少相见，给人振奋，令人温暖。如夏日的雨，风划过面，雨润心田。

我们是陌生人，我们又是很相熟的老朋友。我们从文章中走入，又从文章中走来。从网络走到现实，我们的相见是不陌生的。

和欢颜老师从镇江出发，坐了五十分钟的高铁到达苏州北站，走出口，不用出站直接往地铁口进入，然后坐了一个小时的地铁到金谷路出来，继续坐 52 路公交，约半小时就到了角直古镇，找到入住的维也纳酒店。

苏州乡土作家蒋坤元老师早已在大厅等待，看到我们，他热情地迎接上来，握握手，安排我们入住，送了好多本书给我们，还有一袋苏州特产。

炎炎夏日，梅雨季节里，来自各地的文友赶来庆贺蒋坤元老师新书签售发布会。

操着一口浓重苏州方言的蒋坤元老师，给我们的第一印象，穿着简单朴素，内敛而低调，背有些弓。

面对文友，一谈到他的作品，则打开了话匣子，滔滔不绝地讲起来，讲他创作的经历、家人的故事等，抒发他的内心，带着感情，介绍他的作品构思，言语中透着智慧，有着丰富的人生阅历。

他当过兵，做过记者，现在当老板，最开心的身份认同就是作家。

作家张亚凌说：蒋坤元是苏州出了三十多部作品的企业家，企业资产上亿的作家。这样的人在苏州城里难找到第二个。

蒋坤元老师年轻的时候做过文学梦，但文学梦不能够养活自己。2002 年 9 月，在他四十岁的时候开始创业，历经辛苦、磨炼，现在企业已发展成规模，逐步交棒给儿子。

然而他一直没有忘记文学梦，现在他有了阅历，有了故事，可以静下心来继续写作。

这次，我们去角直古镇，就是为庆祝他的新书《四十才是青春》上市。

每一个人的青春都是不可复制的，就如火热的心，绽放的是自己的生命。通过文字，通过语言，讲述过往的青春记忆。

蒋坤元老师《四十才是青春》《沉到河底就能采到珍珠》等记录着他的人生轨迹，承载着岁月的流逝。

美丽的姑苏城，阳澄湖畔，孕育着新时代文采飞扬的写作者。

我们来过，相会在这角直古镇，用火热的心捧起对文学的热爱。热情的文友来自四方，北京的“若水”，南宁的“与君成悦”老师，成都的“杨华”，武汉的“风想留步”，甘肃的“小暖”，安徽的“齐帆齐”老师，“齐家三姐妹”。

见到“与君成悦”老师，娇小的身躯蕴藏无限的能量，跟着她听课学习写作有一个多月了，前一段时间，因交通意外，她的手骨折，在住院动手术的几天里，她坐在病床上用另一支手写了洋洋洒洒几万字的文字，记录医院里的见闻和感受，发表在今日头条上。因为是医院里的故事，吸引着大量粉丝，一篇最高有40多万的阅读量。

现在她带着女儿从千里之外的南宁赶来，第二天一早又要匆匆而归。

西安的“铁扇公主”，每次都是在微信群里听到她大方、洒脱的主持语言，这次见到真人。

还认识一位同样来自新疆的文友，王新琴，她现在上海。

见到欣赏很久的，朋友圈认识一年多的，写散文才气满满的90后作家“小隐”，其散文作品《走着走着》文笔清新。2000后杭州才女“潇湘清尘”。

“玉琼千里目”穿着一袭蛋青色长旗袍，头上斜戴一顶米色的帽子，拎着小坤包，精致的妆容，从我们面前闪过，像是从民国走出的女孩子，吸引着我们的目光，让人感到一丝恍惚，感觉走到了戏里面。

热情的男士“晓风思雨”、陆雪峰、“欧歌”等，遇见太多热情的文友。

我们是来参加蒋坤元老师新书发布会的，也是文友的聚会，相会在水乡古镇，用朗读诗文、舞蹈、旗袍秀等方式来庆祝。

我们交流文字，交流心，我们感受到苏州古城里浓厚的文化氛围，期待我能够出书的那一天。

时光短暂，留下的都是美好，感谢蒋老师的盛情款待！

角直古镇游

古镇酒店住了一晚，夜里哗哗地下起大雨来，给正处闷热的梅雨季带来些许凉意，我心想包里带来的雨伞白天可以派上用场了。

早上五点多就醒了，坐在床上想着“与君成悦”老师可能正准备出发了，她一大早就要回南宁了，转三趟车，真不容易，来角直古镇没能够好好游玩，成为她的遗憾。成都的杨华老师也赶早的火车回去了，这份情谊难以割舍。

我们在维也纳酒店吃过早饭，蒋老师带着我们，走不远就到达角直古镇古街区。

初识古镇时，被那个“角”字的发音深深吸引，是什么音呢，查过后才知道读音同“陆”。角直是个有着2500年历史的地方，因唐代诗人陆龟蒙隐居于此故名。又因镇子的东面曾有直港，通向六处，水流形如“角”字，所以改名“角直”。

还有一个神话传说，相传古代独角神兽“角端”巡察人间，路过角直，觉得这里风水好，就长居住在此，从此保佑这里风调雨顺、五谷丰登。历史上记载，这里从来没有经历过战乱，让古镇历经千年保存下来。

走入水乡，小桥流水，古宅深深，弯弯的河道沿着房子和街巷纵横交错延伸着，精巧别致古老的石桥架在河上，各式各样，别具特色。多孔的、单孔的、拱形的、姐妹桥、香花桥等，有着好听的名字。河两岸的古银杏枝繁叶茂，两岸的居民在树下纳凉，不时有画画的学生在写生。

蒋老师安排了导游，跟随导游，我们游了沈园，古色古香的木质雕花门的房子，五进的院落，最后进入正厅“乐善堂”，老式的紫檀雕花桌摆在当中，这里是当地有名的教育家沈柏寒的故居。

我们从前门进后门出，走入一个花园，园中有一株上千年的枸杞树立在一方石头上。穿过花园，进入一个寺庙“保圣寺”，寺内古物馆里的罗汉塑像相传是唐代“塑圣”杨惠之的作品，9 个罗汉保存至今，见证着古刹千年的风雨。

走入叶圣陶纪念馆，参观了他的生平事迹图片展览，青年时的叶圣陶是个长相帅气的小伙子，他有篇出了名的文章《多收了五斗米》，收录在我们的小学课本里。

我们进入米行，看到那么多农具，如今的很多人恐怕都不认识这些农具了。科学的发展，这些浓缩古人智慧的用于农桑种植和加工粮食的用具，也只能如古董被展示在陈列馆的一角。

我们几人坐在乌篷船里，船娘在一头摇着桨，船行驶在曲曲弯弯的河面上，望向两岸，来往的行人、嘈杂的说话声音，生活的味道，时光仿佛在倒流。边上坐着身着旗袍的苏州美女“玉琼千里目”，让我有种错觉，仿佛时光倒回到古代，假如回到民国也好，好让我与古人有个对话。对面“咚咚呛”敲锣打鼓过来两艘红色的乌篷船，男方接新娘用的迎亲船，载新人的船在前，后面是装满陪嫁礼品的陪嫁船。这样的迎亲方式也很特别，路上一定会收到众多乡亲的祝福。

我的办公室“80 后”同事

我在办公室是老同志了，最近几年，办公室同事如走马灯似地变换。

第一个来的是一位“85 后”，姓孙，本科学的财会专业，研究生跨行学的卫生管理，研究生毕业后，考取公务员，来到我们单位，年轻有朝气，单位非常重视她，不断地给她锻炼的机会，让她做团委书记。

她过敏体质，一直在吃中药。科室里安排她去西安学习，到西安第一天，吃羊肉过敏，第二天起床后，脸肿得像馒头似的，没办法，只好提前回来。因为过敏，她吃东西就格外小心，不能随便吃。单位食堂每到中午供饭，如果没有她能吃的菜，就只能就着自己带的萝卜干吃饭了。

结婚的时候，我们都去参加她的婚礼，找了位电力部门工作的老公，来自宁夏，公婆从宁夏赶来操办婚礼。

婚后想要孩子，不断地调理身体，后来，她被安排下乡驻村，一年后被提任乡镇长助理，后面又任副镇长，现在有一个可爱的女儿。

她走后，来了一位更年轻的女孩子丽，是单位合同工，高高的个头，比较瘦，有些懒散，听说家里很有钱，爱吃零食，每天只要休息的时候，就看到她嘴巴动个不停，吃的东西都是在我眼里被认为是垃圾食品，我从来不吃，劝过她很多次，不要吃这些东西，对身体不利，她不听，依然如故。

她曾有一个男朋友，外地的，家里较穷，家人不同意，在她坚持下，要谈婚论嫁的时候，买房，双方发生意见分歧，男方不愿意出钱，就崩了。后来她一直没有遇到合适的。

一日，单位来了一位外地的妇女，跟在她身后，不断地说："我看你挺好的，我儿子在某机关做公务员，你可以跟他谈对象。"那位妇人追到我办公室，想让我做媒，我拒绝了她。我们当笑话互相调侃。后来，她生病了，患肾炎，因要长期到上海看病，她辞去工作回家。

她走后，又来了位"80后"，自称"虎妈"，有一个正上小学三年级的调皮的儿子，为了儿子的学习，操碎了心。只要早上看到她脸上冒痘痘，那一定是她前一天晚上跟儿子较劲，为了学习的事情发过火，对儿子要求太严格，考试必须满分。

每周她给儿子报了四、五个课外班，母亲帮她接儿子，有时母亲有事，下班后，她要急匆匆地开车去接儿子。

以过来人的经验，我们劝她不要跟儿子发火，要耐心些，多讲道理，她不听，说：现在的"80后"家长几乎都是采用"虎妈狼爸"式教育，不这样，没法教育孩子。她的儿子唱歌很好听，常看到她陪着儿子去参加演出。

莫干山雨中行

比预想更惊喜的——莫干山雨中行，雨下得不是太大，刚刚好。山中因为有了雨水，显得更加空灵清澈，充满仙气。

第一次参加市作协采风活动。心中充满了期待与渴望，有这么多热爱写作的同行，也是一种幸福。心怀谦虚的心态、激动的心情，清晨踏上采风的车。

一宿山雨，闻着湿润的空气醒来，推开窗子，窗外的屋顶平台上种着各色蔬菜。一阵潮湿的风吹来，并不觉得清凉，感觉像小时候的乡下，空静而安然。

乘着莫干山的游览车，环行在山间，窗外青山竹林，行云流水，云海在升腾。清晰地看到秀丽的山景，心中禁不住地欢腾，祈愿能腾云驾雾，身子飞越到山项，俯瞰苍翠山景。

到达山顶，虚无缥缈的仙境，如梦幻般，远处有塔尖的小洋楼若隐若现，这分明就是山水画，浓淡相间总相宜。

踩着青石的台阶，在幽静竹林中，打着雨伞穿行到毛主席曾下榻的皇后饭店。看到毛主席写的一首诗："翻身复进七人房，回首峰峦入莽苍。四十八盘才走过，风驰又已到钱塘。"墙上的图片展示，众多的名人曾来此。我们参观伟人故居，里面多是书，缅怀伟人，心怀感恩。

去了蒋介石武陵会堂，环境清雅，树木绿荫蔽天，古色的洋房，考究的装饰，无不透着生活品位的精致、奢华。相比，毛主席的下榻处却显得那么简朴。

我们往山下去剑池的时候，一路上，不时见到如小瀑布的流水，听着哗啦啦的流水声，顺着山道往下流，雨在不停地下着。到了下面剑池铜像旁边，一位女士，身穿白色侠女服，立在铜像边照相。

飞瀑倾泻而下，因为下雨，让我们得以欣赏到这充满灵气的瀑布。越往下走，瀑布越大，如一团银丝飘落，落下一池平潭——"剑潭"，又如飞龙入海，咆哮翻腾。前人古诗描写："飞泉裂石出，浩浩破空来。万壑留不住，化作晴天雷。"此情此景，立在瀑布边，如仙人修道，白发散落，豪情万丈，让诗人激情迸发。

走在平桥上，仿佛穿越到古代，春秋战国时，铸剑名匠欧冶子挥动着剑刺入池中，一缕青烟冒起，闪亮锋利的宝剑就此铸成。一叠又一叠的瀑布，飞流而下，带着侠骨柔情，经历春夏秋冬，述说着干将和莫邪的古老爱情神话故事。

山中空气清新，我贪婪地呼吸着，有些留恋，有些不舍。回程的山道上，向上爬，我迷了路，转来转去的，在路人的指引下，回到车上。

“仙草基地”受骗记

周六，和同事们约好外出，牵头登记名单的人说是去J市。

因为起得早，我在车上眯着了，等醒时发现，车已在路上跑了两个多小时，后来拐进一乡间路，驶进一农庄里。一进庄园，就看到“欢迎来到仙草基地！”的牌子，庄园里小路上到处贴着仙草的广告，我们心里狐疑着，这仙草到底是什么东西呢？

拐了几个弯，走到最里面一个楼房，门口站着一男两女在迎宾。我们跟着导游进了二楼的小会议室，见桌上放着很多包装好的农产品。大家落座后，门口的三人进来，其中一个男子对我们说：“欢迎来到××生物农业科技有限公司。看到桌上的农产品没有？一会儿会不断地带给大家惊喜！”

我们心里明白，这一定是推销农产品，想着不要上当。这时，一个自称是公司老总的人走了进来。他自我介绍，姓吴，安徽人，创业十多年，他们的企业是省、市级农业综合生态园，集科研与生产于一体，得过很多奖。公司现在与旅游公司签约合作，把广告费直接反馈给游客，凡是来的游客会免费送产品。

接下来开始一样样地对桌上的产品进行介绍。如仙草灵芝，从培养、种植到成形、药用保健功能及价值等说了一大通，还列举了一些明星长期吃仙草的例子。他拿出一支灵芝蛇油膏出来，告诉我们这个灵芝膏能治粉刺、湿疹、脚气等，涂点在太阳穴上还能防晕车。他说送我们一支，但要用另一种方式“送”：需要的人先掏出十块钱买，然后他们再发等额的红包。我们想十块钱的东西不贵，就买了，他身边的副手拿着红包分送给买过的人，我们打开红包一看，里面果然有十元钱。

他又开始介绍一包切片干灵芝，说女性用它和红枣、柠檬泡茶喝三个月，美容效果明显，能明显祛除脸上的黄褐斑。为了回馈大家，只收一百元，也是先收钱后发红包，红包里是随机放些钱，有多有少。我脸上刚好有斑，为此还有点小烦恼，就掏钱买了。我们拿到红包拆开看，里面有一百元。

介绍破壁灵芝孢子粉时，他说他们公司是进口了德国上百万元的设备，用来生产破壁灵芝孢子粉。这种孢子粉效果最好，吸收快，三个月一个疗程。需要的人先掏出一千元买两袋，一袋二盒，然后另送两袋，加送一个银杯，还有一小袋灵芝片。

这时买孢子粉的留下来，不买的可以走了，我看到同事——一位曾援藏的懂医学的专家掏钱买了，头脑一热，也掏了一千元，然后填表、拿取会员卡，坐在桌边两眼巴望着吴总，等着他发最后的红包。

留下来的有八个同事，这时吴总说：“最后一个惊喜，是我们公司收集的五张连号的、具有收藏价值的十元纸币，这些纸币再过个五年，升值肯定很快，到时你们拿到古玩市场上卖，能值五千元。”他带上一双白手套，小心翼翼地从红包中抽出五张崭新的纸币，告诫我们一定要戴白手套拿着，不然留下指纹就不值钱了。

他们催促我们快走，说下一批客人要到了。我们拎着四个装孢子粉的袋子走出会议室。到了楼下我就后悔了，回楼上要求退货。一个女的很爽快地领着我到财务室，把一千元退给了我。到了车上，有同事问我：你买的东西呢？我说退了，几个同事一听可以退，也立马拿着袋子回头去退货了。

我们在车上等了好一会儿，几位同事才回来，听他们说，又来了一大车人，全是六七十岁以上的老年人。我的母亲会被人忽悠，常从外面花钱买一大堆保健品回来，我们怎么劝都没有用，为此非常苦恼，没想到这次我也差点上了当。

别墅农庄赴宴

那天，应朋友的邀请到句容一农庄，梅雨季才过，要开启高温模式了，拎着包一出门，外面阳光普照，走在路上一小会儿，高热的天就蒸得人受不了，有点后悔出门，但已经答应人了，只好硬着头皮走去。

走到约定的地点，朋友带我到小区门口等车，车来了，是一位小学老师开的，陆老师，我第一次见到她，上车后，她一开口说话，我就听出了她的淮安口音，是我老家的。跟我一样，她来镇江已二十多年了。

沿着省道，路经句容宝华山“千华古村”，继续开，我们到了仙林大学城附近一农庄。进入农庄，农庄靠着栖霞山，外地来的客人都去栖霞山玩了，我们三人就在农庄里转转。

农庄的四周有围墙，墙外听到有动车穿行的声音，墙内，里面有人工景观湖，有别墅，有走廊，还有亭子、蒙古包。就是农庄的样子，炎热的天，我们走到湖边一处荷花塘边，荷花正盛开着，看到中间娇小嫩黄的莲蓬。

我们来到客房，那里有空调，坐下来喝喝茶，不一会儿，客人们回来了，我们一起去一处院子里，走入一个古色古香的房间，里面外间是餐厅，里间是书房的样子。

书房有木质的沙发椅、茶桌，茶桌上有一套茶具，装饰架上摆着些仿古玩，墙上挂着些书法和艺术画，最里面有一个紫檀书桌，上面摆着一个好大的砚台，小架子上挂着几支毛笔，有墨盒，有宣纸，台上有墨迹，看样子这个桌子常被使用。

一会儿来了不少人，老老少少的，还有四五个孩子，客人是从上海来的，两对老夫妇，都有七十多岁，男的一个是画家，一个是书法家。另外还有一个书法家的女儿。其他的是本地人，有报社的，有做生意的人，还有农庄的老板。报社的记者跟我还是老乡，之前听说有报社的，我就乐意来了。

中午，我们就在这个房子的外间餐厅吃饭，这个餐厅是老板自家用的，里面有个小厨房。我们都不熟，坐在那里，有些拘束感，报社的记者简单介绍了下上海客人，我们本地的自我介绍，大家开始宴席。

农庄的老板穿着汗衫和大平裤衩，一副街头大爷的装扮，就差一把扇子了，这都在空调下也用不上。老板有四个儿子，两个在国外。来时路过的宝华山千华古村就是他开发的。他是厨师出身，现在是厨师协会的，说是到很多的大饭店吃饭，不用掏钱，有人请。

有一个老板是卖翡翠的，带着他的儿子和老婆一起来，儿子还小，身上带了一块翡翠玉佩。后来下午玩时，不小心给弄丢了，幸亏被同来的司机师傅捡到了，失而复得。

席间，上海的书法家讲了一个故事。他说：小时候，家里兄妹多，母亲给他们讲了一个故事，有一个上海男人家里有老婆和四个孩子，做生意失败了，他觉得人生很失意，不想再继续生活下去了，准备带着家人一起走绝路。那天，他买了一些好菜，让妻子烧炒，其中有孩子们爱吃的红烧肉，孩子们已很久没吃到了，又买了些毒药，趁人不备悄悄地放入锅中烧的饭里，然后躲出去，等着家人都走了，他再回来吃。

那天妻子把饭菜端上桌后，跟孩子们坐在桌前等他，家里平时立有一个规距，妻子要求孩子们每天晚上吃饭，必须要等父亲下班回来上桌后才开饭，父亲不回家，不上桌，孩子们都不能动筷子，那天妻子和孩子们一直等啊等，他都没有回来。

后来，到夜里了，他回来了，进家后一看惊呆了，妻子和孩子围在桌边睡着了，桌上的饭菜一点没动，一直在等着他，他激动万分，叫家人不要动饭菜，全部倒掉，然后，他也放弃了走绝路的念头，重新找事情做，后来渡过难关。当时他就想道：有这么好的、又很自律的四个孩子，未来何愁没有出路？

吃过饭后，上海的画家和书法家休息了一下，然后在书桌上画画和写书法，书写了不少张，摆满了地上，都是给这几个做生意的老板的，如今他们有钱，对这些字画感兴趣，或收藏，或生意上送人。

他们书写了一个下午，一直到晚上吃饭才停手，晚饭后，我就跟一个老板的车回家了，车上还有他的妻子和儿子，他们住市区，上海的客人第二天还要安排他们去天宁禅寺游玩，这几天他们在我们镇江转了不少景区。没有记住宴席上吃的什么菜肴，但上海画家讲的那个故事我一直记在心里。

宠物和人

同事小王又在朋友圈晒她的小狗图片，小王是位时尚的女人，每天长发飘飘，高跟鞋笃笃地走在单位的走廊，化着精致的妆容，粉白的面颊，红红的嘴唇，总是浅浅地微笑着，像个瓷面人，美目盼兮。

她却喜欢狗，养的是一只比熊犬。这只狗生病了，她带着狗到宠物医院治疗，花费近千元钱，比给人看病贵得多。还带着狗同床共枕，有一次，狗出现呕吐、拉稀症状，拉得她睡觉的床单、被子上到处都是狗的粪便，她却没有怨言，而是耐心地洗净，还担心着狗的身体。看到她又惊又虑的样子，我哑然失笑。

看到街上被主人抛弃的流浪狗，她领回家，专门去宠物店把它打理得干干净净、漂漂亮亮，并帮助流浪狗寻找愿意收养的人家。

冬天到了，天气寒冷，她每天在朋友圈发几句话，关心着外面的流浪狗，希望能被好心人收养并善待。

朋友清雅也爱养狗，养了一只白色的博美，大大的、圆溜溜的眼睛，非常可爱，尾巴翘翘的，摇来晃去，大眼睛总是圆睁着盯人，那神态，朋友们都说和清雅有点像。

在这之前，清雅曾养了一只白色的博美，一天晚上，她带着小狗去江边散步，过马路时，被一辆疾驶而过的汽车撞死。清雅很伤心，那时她刚动过乳腺癌早期手术，休养在家，老公看到她伤心难过的样子，精神恍惚，有些不对劲，赶紧跑到宠物市场里到处找，给她买了一只同样的白色的博美，才缓解她的异常情绪。

清雅对老公新买来的狗非常喜爱，出门买菜都带着，每天出门遛遛，一次，这只狗在江边不慎掉水里，她急得自身都不顾，爬在江堤边悬空着身子去救狗，好在有惊无险，没出事。

别人不能评价她的狗不好，如果有人说了，她会不高兴，并不再理睬。说："狗是人类最好的朋友，那么通人性，还有人不喜欢，这样的人不值得交往！"

听说她女儿脸上冒出青春痘，到处去求医都治不好，我介绍一位专治青春痘的医生给她。她和女儿一起去看医生的那天，居然带着那只宠物狗进入诊所，被医生的女儿看到，说："这里不允许带宠物狗进入！"她坚持要把宠物狗带入，引起争吵和不快，她女儿索性不看青春痘了，转身走出门去。后来医生打电话给我，弄得我跟人家解释半天，好尴尬。

有好多次，要送小狗给我养，我不要，总跟我不停地讲养狗的好处，带来很多乐趣，讲一些狗故事给我听。她说：家里的狗会挑人，处时间长了，狗知道家里谁说话最有权威，就对谁好。家里的狗对她最讨好，她一进门，这只狗会主动地扑上来寻欢示好。她女儿对这只狗最疼爱，狗却最不爱理睬她，有时对她很凶。这就叫"狗眼看人低"。

我不喜欢养宠物，觉得不卫生，没时间打理。买狗粮要花费钱财，还要像对孩子似的打理它，给它洗澡、理毛、遛弯儿，实在没有那么多精力。

童年时，曾养了只猫，一直伴随我三年，从小的时候养起，非常活泼可爱，常拿着线球逗弄它玩耍，它会追着跑，并立起身子伸出爪子抓着线球玩，给我带来很多欢乐，寒冷的冬天它钻入被子给我暖被窝。后来，这只猫被一群调皮的男孩子追打，被打死了。那种失落和伤痛伴随我多年，直到现在想起来，心中还隐隐作痛。

住老楼时，楼下有一过道，常有一只黄色的狗趴在那里，叫“阿黄”，西单元楼的邻居养的，儿子小时候跟阿黄很亲，每次放学回来，就从家里拿些火腿跑下楼去喂它。家里吃饭有肉骨头，他会有心地拿些给阿黄，在饭店吃饭，有剩菜，他会记得打包带给阿黄吃。

儿子路过，常跟阿黄亲近会儿，搂着它的脖子，脸靠着，喊：“阿黄，起来！”阿黄就立马站起来。喊：“阿黄，卧倒！”阿黄就乖乖地趴下，很听儿子的话，其他人学样喊它，它则不会理睬，仍旧懒洋洋地趴着。生人路过，它会不停地吠叫，吓得人不敢靠近。这幢楼在一条街上，阿黄像个看门狗，维持着这幢楼的治安。

阿黄在楼下待了十年，有阵子突然看不到它，儿子上大学，我们即将搬走，遇到阿黄的主人，问她：阿黄哪里去了？说：阿黄老了，有一天，它自己感觉不行了，就自动离开了，到一个谁也不知道的地方默默地终老死去。我听了默然，阿黄的主人又新养了一只白色的小狗，几个月大，在楼道里欢快地到处跳跃奔跑着。

过长江，灭小虫

春季到了，马上三月份，我区又要紧锣密鼓地开展血防查螺灭螺工作，每年的春季都如此。

记不得自己有多少次过长江了，曾经住家靠着江边，从家里出门走到江边约十分钟的路程，在三峡大坝建之前，我常常走近江边，就看到到江上行驶的轮船，听到高扬的汽笛声。

以前因为工作常常下乡，每到夏季，江水汹涌，我们要下乡去查看水厂，跟着科室老领导一起下乡，汛季要注意百姓饮水、除四害、防瘟疫及血防等工作。

记得有一年汛期严峻，省城来的两位女专家专门去江心洲视察，江心洲位于长江中心，我们坐着汽渡到江心。中午在卫生院食堂吃的饭，院长精心准备了一桌菜。席间，省城来的一位女同志始终未动筷子，后来上了一盘江螃蟹，这位实在忍不住了，吃起螃蟹来，但别的菜一样未动，之所以这样，是因为她怕那小小的血吸虫，这小小的血吸虫需要用显微镜才能看清，长在钉螺里。

毛主席在1958年夏季曾写了两首诗《送瘟神》，就是当他得知江西省余江县消灭了血吸虫病后，因为高兴而创作的七律诗歌。其中有一首："绿水青山枉自多，华佗无奈小虫何！/千村薜荔人遗矢，万户萧疏鬼唱歌。/坐地日行八万里，巡天遥看一千河。/牛郎欲问瘟神事，一样悲欢逐逝波。"另一首："春风杨柳万千条，六亿神州尽舜尧。/红雨随心翻作浪，春山着意化为桥。/天连五岭银锄落，地动三河铁臂摇。/借问瘟君欲何往，纸船明烛照天烧。"

当年主席写了这两首诗歌后，血防工作就紧锣密鼓地在全国开展起来。去年是毛主席写这两首诗歌六十周年，我们丹徒也举行了纪念宣传活动，六十年来几代血防人不忘毛主席的诗歌，每年春季开始开展血防工作。

丹徒区血防工作是几代人努力的成果，不同年代的血防工作，有不同的环境、不同的条件。二十多年前，我刚调到爱卫办工作，办公室有两位老同事，都是老血防医务工作者。一位男的姓杨，南医大五年制老本科生；一位女的姓杭，医专毕业，两位都是很专业的医生，他们时常告诉我以前血防工作的辛苦和艰难。说60年代，他们刚工作时，都是常挑着扁担带着随身衣物和棉被及其他东西过江下乡，一去就住两个月。带着粮票和钱吃住搭伙在村里老百姓家里。

那时条件非常艰苦，民间姑娘婚嫁有说法："嫁人不嫁血防郎！"说：那时病人很多，都来不及治疗，在我们县有个皮防所，每天杨主任亲自做晚期血吸虫病人脾切除手术都有几例。在一个县级皮防所，能有这样的手术，可见当时血防工作非常严峻。

现在区里的中坚力量多是七八十年代出生的人，也有90年代出生的新生力量，他们的工作条件和环境都要好很多，交通也便利得多。每到春季查螺灭螺，江滩湖泊重点布防，现在工人喷洒药物都是机器操作，个人防护措施也得当，比以前人工喷洒好很多。

血吸虫病是一种严重危害人体健康的传染病，是一种寄生虫病，主要通过接触疫水而发生感染，在我国流行已有2100多年的历史，主要流行于长江流域及以南的上海、江浙等地。血吸虫病发展到了晚期，病人的肚子逐渐胀大、积水，因此有些地方把这种病叫作“大肚子病”。

现在，随着农村家庭改水、改厕等工作的开展，人民生活条件的好转，血防工作的持续推进，江滩治理部署等，感染血吸虫病的人越来越少了，达到消除的程度，但也不能刻意放松，因为多年的成果也有可能一夜被毁，需要很多部门的通力配合。

勇敢走过玻璃桥

在这次旅行之前，我是从来不敢走玻璃桥的，因为曾走过悬索桥我都非常害怕，走玻璃桥的话，想想两腿都发抖。

现在玻璃桥很多，去年有户外网组织去张家界，朋友喊我同行，我因畏惧行走玻璃桥，所以没有报名。

同事相约去安徽合肥马仁奇峰，尽管那里也有个玻璃桥，我还是去了，主要想挑战一下自己。

四月春风，到处都是青涩的草的味道，杜鹃花盛开。坐了三个多小时的汽车到达马仁奇峰脚下。导游说：马仁奇峰是 4A 级国家级森林公园，网红景点，是很多网络红人打卡的地方，山上有 150 亩的楠木树林，自然风光以奇峰、奇壁、奇柱、奇洞、奇屋、奇树为奇特景点。

我们坐索道上到太阳山顶，到山顶的时候，刚下过雨，我们围着山顶石壁边的玻璃栈道绕行山一圈，到了太阳山和主峰之间一座玻璃桥的入口，那个玻璃桥是悬空的，垂直高度有 180 米，全长有 360 多米，禁止行人打伞。

正要走上桥去，这时有一个高个子，身形微胖的年轻男同事小赵胆怯了，他打退堂鼓了，转身回头，说：“我不行了！怕呢，心脏吃不消，不敢走玻璃桥了。”我们都哄笑起来。

我想跟几位较年轻的同事一起走，想着到时不敢走的时候，他们可以拉我一下，没想到在绕山转的时候，就听她们不停地在说害怕。我说：“哎！指望你们年轻的到时能拉我一下呢，看来没指望了，只能靠自己了！”

一些同事冲在前面快速地走过玻璃桥，我一个人在后面慢慢地走，自我安慰道：这么多人都走过了，玻璃桥一定是安全的。桥上挂着红灯笼，桥两边都有护栏，因为才下过雨，周围的景色仙气十足，朦朦胧胧的。

我脚踩上玻璃桥，感觉还好，脚下有些晃动，我不敢往脚底下看，只望着远处，远处都是云雾，山下的屋子若隐若现，我往前走着，一个老同事在前面手拿着自拍杆用手机给自己拍照，我跟他说：“把你的自拍杆给我用一下，我要拍张照！”

他同意了，把自拍杆递给我，我拿着给自己拍摄了好多张，还前后转着拍照，不知不觉地走到桥中间了，我一点紧张感都没有。然后，我还了自拍杆，拿起手机走到桥边，这时桥下的景色清晰起来，我又拍了几张。就这样边走边拍，走到桥的尽头，我没有一点恐惧紧张感。

过了桥，正要下山的时候，天空下起瓢泼大雨来，看到人字形的石屋，我们在石屋下面躲避会儿雨，拍张照，然后下山了。

下山的过程中，雨下得越大起来，台阶两旁有很多又粗又直的楠木树，树下盘根交错深入山体泥土中，伸出跨过脚下台阶。

冒雨走下山的时候，同路的有不少游人，途中道边有不少卖东西的人，有卖当季水果乌梅的、还有卖木质品、卖饼的等。

山脚下是大片的竹林，有不少竹笋冒出。看到一佛寺，有一个大鼎炉，附近门牌上写着“天下第一福鼎”，远望看到山坡上，有很多金佛，在绿树掩映下显得非常耀眼。

山下出口处还有一个地质博物馆和红色历史博物馆，我们在里面转了下就出门了。

我能独自走过玻璃桥，真是让我感到意外，这么轻松地走过，实在没有想到。由此看来，任何我们心里自认为害怕并不敢做的事情，只要心态平和，勇于尝试，最终都能克服恐惧心理。战胜的是自我，而不是人为设置的虚幻的东西。

北京行遇陌生人

我们在生活中，会遇到很多陌生人，有些人从陌生人变为熟人，进而成为朋友。这次北京之行，我遇到了不少陌生人，有意思的是，我们居然能共居一室，或共处一桌同进晚餐。

这次是“有书”平台成立三周年庆典，邀请我们作者去北京参加聚会活动。活动现场，我听了几位大咖的写作分享讲座，受益匪浅，也认识了很多陌生人，有其他老师、文友等。很多都是年轻人，跟他们谈写作，我根本感觉不到年龄的差距感。

第一次来北京，我跟几个陌生的有书文友一起住在民宿，四人合租，人均摊下来，住两晚上费用只要205元，很划算。

本来营长要同来北京，临行前时，她单位有事走不开了，说是市里要创建文明城市，她是办公室主任，主管领导规定不能请假。文友中，有一个是我从镇江约来的朋友明月，有一个是从武汉来的，还有一个是北京本地的，住得离活动会场较远，所以跟我们一起合住。四个女人住在一起，一点没有陌生感，大家开心地聊天，两天的相处，让我们从陌生人变为熟人。

我和明月坐到长城的旅游专线公交车时，遇到一个老外，坐我们前座。他用手机翻译软件问我们，这公交车什么时候回程？我平时不用英语，一时脑子卡壳了，只好用手机打几个简单的单词告诉他：come back（意为回来）11:00—16:30。他看明白了。

后来他又把手机递给我，上面有：多长时间发一趟车。我随口说了句英语“twenty-five minutes”（25 分钟）。他也听懂了，对我连说谢谢。

下车时，同车一个广东肇庆的小伙子要跟我们一起爬长城。他在北京王府井附近一家酒店做厨师，35 岁，还未成家，家里有 8 个兄弟姐妹，全在外地打工，他来北京已经三年了，将要辞职回广东家乡再找工作。

他之前从来没逛过有名景点，这令我们感到不可思议。他说：一个人逛没有意思，同事也忙，不能陪他。路上我朋友明月跟这个小伙子聊天，说要把自己的一位女性朋友介绍给他，并教他怎么跟女友相处，说女方想找一位对自己好的男人，人品要好，别的没什么要求。她劝这个小伙到江南工作，便于跟女方相处。我在边上听了偷偷地发笑。

小伙子很老实，话不多，他讲的广东话，我们听来更像外语，很难懂，要让他重复着讲几遍。我们问他听懂我们讲的话吗，他说听得懂，只是一路上我们跟他讲话，他都“嗯，噢！”应着。他帮我们拍照，我们帮他拍照，双方互相帮助。中午吃饭时，他随身什么吃的都没带，我们把带的蛋糕和面包与他分享。

回程时，我们游逛小吃街，他没有兴趣，就先回去了。我们继续逛，看到北京一较有名气的烤鸭店，想吃北京烤鸭，就进入店里看看。坐电梯时，一同进入的还有一位较年长的中年男人，操着外地口音，他也是找北京有名气的烤鸭店的，还有一个同伴。朋友明月跟他说：“我们四人可以一起凑单买烤鸭。”我听了吓一跳，偷偷拉了一下明月的衣角，低声跟她说：“不要这样，太冒险，我们身在外地，遇到陌生人不了解，何况又是两个陌生男人。”

明月说：看他的外貌和谈吐，像是有修养的人。后来，我们骑着公共自行车去前门大街的“四季酒店”吃烤鸭。店里生意很红火，我们点了一只烤鸭和一些其他特色菜，边吃边聊，得知他们是中建集团的员工，总部在北京，是来出差的。他们到过镇江，说镇江万达广场就是他们参与建设的。

聊着聊着，不知不觉时间就过去了，我们一起度过了愉快的夜晚。晚餐采用 AA 制，每人只花了 99 元，我与中年男人互相加了微信，把费用打给了他。走出饭店，我们互相道谢谢、晚安，我们便找地铁口回去了，他们继续去逛鸟巢。

这次北京之行，与大家皆是萍水相逢，但这一段段邂逅却深深地印在了我的脑海里。

乘坐地铁逛北京城

北京城的地铁太发达了，乘坐地铁你可以去任何你想去的地方，它通向城市的每一个景点和城区角落。乘坐地铁我们把北京城有名的景点都逛遍了，国家博物馆、天坛公园、天安门、故宫、景山、什刹海、颐和园、长城、王府井等。每天行程两万多步，我居然坚持下来了。

早就想去北京城，孩子小的时候，忙于照顾他，再加上工作忙，走不开。几年前，刚执行强制公休假的时候，首先想到去北京，结果家人都去过，只有我没去过。

最要好的朋友曾在北京被公司外派工作三年，她对北京不感兴趣，那次反而被她劝说跟着去了成都，结果到成都都是下雨天。

最近看了《紫禁城的黄昏》这本书，是末代皇帝溥仪的洋帝师庄士敦所写，他在紫禁城里陪着溥仪待了十三年，对紫禁城、颐和园等皇家宫殿、园林很熟悉。

通过这本书让我了解了发生在清末民初那段风云变幻的历史，还有发生在皇宫里的故事。皇宫里有一位孤独的皇帝，跟我们常人一样，有着沉与思，有着悲凉与无奈，引起了我对皇宫的好奇与探索。

手机下载个易通行，进入地铁，根本就不需要买票，也不需要带零钱，打开易通行软件，显示二维码，对着地铁口一扫，门就开了，拿起行李，通行而过。

走入国家博物馆，一楼二楼正展示改革开放四十周年展，人很多，原先我们想，这大冬天的，应该不会有多少人像我们一样往北京跑，没想到冬天往北京跑的人还是很多。进入国家博物馆是免费的，要在门前排好长的队伍，约要一个小时，还要安检，过后，才能顺利进入参观。

进入博物馆，首先就去负一楼展厅，转转看看，寻找我们镇江三千年文明的象征青铜器“宜侯夨簋”，以为能很顺利地找到，没想到地下负一楼很大，展示的古文物很多。

我们在里面转了两小时，快到中午时刻，还没有找到，越转越急，后来看到西周文化的标识展牌，才在旁边的展柜中看到青铜器“宜侯夨簋”。

站在柜台边，激动地跟来参观的过客讲解起这个青铜器来，连讲了几次，遇到一位江苏徐州的小伙子，在北京工作，很感兴趣。

四楼的青花瓷器展出很多，青花瓷之精美，超出人的想象。我在青花瓷展柜前流连忘返，啧啧称赞，欣赏着美丽的青花瓷，透着大气、优雅，有着深厚的文化底蕴。有的上面有龙凤图案，可曾都是皇宫里的收藏品。

去了国展厅，看到世界各国的领导人送给我们国家领导人的国礼，彰显了不同国度的文明。古物展品太多，一天真看不过来。

北京城的景区美，北京人也很热心，游逛天坛时，将近黄昏，遇到一位老妇人，手上拿着大相机，在拍景，请她帮我们拍一张合影，然后就认识了，一起走，她把我们带出东门。路上，聊起来，问她：为什么天坛公园周围的房子都不高？她说：北京市政府规定，周边的建筑不能建得高于天坛。

天坛是明清两代皇帝祭祀天地之神的地方，祈求国家来年风调雨顺，五谷丰登。不管时代怎么变化，对于美好愿望，人类还是有所尊敬和顺应。天坛公园里有很多松树，一些树年代已很久远，有几株上千年了，天坛很大，空气清新，在里面走走，感觉呼吸都顺畅很多。

老妇人带着我们走了两站路，到她家附近一个本地特色的小吃店，推荐我们买豆汁儿、焦圈、面茶、炸糕等小吃，我们付过钱，坐在那儿等，她买了些豆汁儿回家。先是面茶上桌，我们分了吃，还挺香，像江苏的炒面味。

点的小吃焦圈被服务员送来两个，我俩一人一个分吃，焦圈不大，两三口就吃掉了，脆的。然后豆汁儿和炸糕上来，边上有个妇女坐着，她一直边吃边转头盯着我俩看，明月先喝一口豆汁儿，我问她：好喝不？看到她马上捂着嘴、皱着眉头，硬要咽下去的难过表情。

我也喝了一口，好难吃，像腌酸菜的汤味，带点臭豆腐的怪味。这时，边上的妇女讲话了，说：你们不会吃，先前那个小吃焦圈是就着豆汁儿一块吃的，我就看到你们几口把它吃掉了。我和明月互相对望，有点儿尴尬，硬着头皮就着炸糕喝下豆汁儿。

听先前的老妇人讲，豆汁儿是经过发酵做成，喝了对身体很有好处，能润肺通经，治“三高”，有老北京人得脂肪肝，每天早上起来喝碗豆汁儿，坚持喝一个月，脂肪肝没了。

第二辑　根的故乡

家谱记录我们的根

六月的一个星期日下午，我去博物馆听取某位专家有关考古发现的讲课，专家讲镇江孙家村的考古发现，是个小型城址的格局，始建于西周早中期，延续使用至春秋早中期，是吴国的起源地。而吴国是北方周人跟本地土著荆蛮人相结合而形成的诸侯国，吴文化也就是中原华夏文化和镇江当地荆蛮人文化相融合的文化。

由此我想到——我来自哪儿？我父母老家在苏北涟水农村，父亲的老家村子名叫唐渡，母亲的老家村子名叫蒋西庄，都是两个大村，村里90% 以上的人都是同一个姓，而且都有自古至今保存下来的家谱。家谱记录了整个家族繁衍的历史经过，家谱的传承也很有讲究，每一代传给家族中最有威望、文化学历最高的人。每隔一段时间，都会召集家族人员商量，把族谱整理翻新一下。这个是家族的传家宝，会用心妥善地保存，轻易不给外人看。村里人的名字按辈分来起的，同一辈中间会有相同的一个字，延续传承给下一代，而且是通过男的来传承。比如我父亲是“国”字辈，到我们这一辈是“士”字辈，下一辈就是“文”字辈。

我弟弟的孩子就要按“文”字辈起名，而我的孩子不用。一次，我去南京参加一个同乡聚会，遇到一个“文”字辈，比我大几岁，一问老家是同一个村的，他要喊我姑姑。

母亲家的家谱最早记录是：老祖宗帮助朱元璋打江山，打下后，当时由于苏州地区居住人员太多，一部分家族人员就被朱元璋从苏州赶到苏北古淮河流域岸边，一直繁衍生息至今。父亲家族族谱则记录着是从无锡整体迁移过来的。古代都是一个家族生活在一起，所以迁徙都是一个家族迁移到另一个地方，在迁移的过程中，家族的有些分支会留在别的地方，也形成一个同姓人村子。所以如果我在江苏的某个其他地方的村子听说跟我是同姓的，而且村民都按同样的辈分起名，那肯定祖上是一家人。这些在祖谱上都会有记载。

镇江档案馆发现了《苏氏家谱》，家谱修缮于 1917 年，是北宋著名的天文学家、机械制造家、医学家苏颂及后代家族系。家谱记录繁衍将近千年，现在镇江还有很多苏氏后人。苏氏后代中生于民国，现在世最年长的是苏颂后裔第三十三代孙苏士琦老人，已 98 岁，居住在丹阳，精神矍铄。

现在随着人口流动的迁移，农村人口小城镇化，很多有特色的家族村慢慢地消失了，家族人员都分散居住了，联系也少了。将来有一天，我们的后代都不知道自己来自哪里，这份血脉的传承越来越远了。

当你老了，谁来照顾

单位里有个老同志王老，当时他有八十多岁了，有一次他步履蹒跚地来单位办事，到我办公室坐坐。王老有两个儿子，大儿子在镇江工作生活，二儿子早早地考上大学，并出国留学，一家子在美国生活。大儿子虽工作普通，但靠在跟前知冷知热，几次老人生病都是他联系医院，跑前跑后地照顾。平时也都是他看望老两口，二儿子远在国外根本指望不上。

当你老了，行动变得迟缓，生病了或无力维持生活，谁会来照顾你？人老了，出个门，洗个澡、拎着个东西都显得那么困难，这时谁来照顾你？我父亲七十多岁了，身体还好，能到处走动，他冬天怕冷，不愿意在家里洗澡，他会到家附近的休闲浴室去洗澡，以往都是他一个人去，今年他跟我说，现在浴室的老板不让他一个人进去洗澡了，必须要有家里的成年男性或年轻人陪着进入一起洗才行，怕出现意外事情，要担责任。

中国农村“养儿防老”的观念很深，虽然现今的人们观念已开放多了，认为女儿也能防老，但在一些老一辈人的心中，“养儿防老”的观念还是根深蒂固。很多老人都把自己的财产全部留给儿子，女儿就没有份。他们指望着等老了，依靠儿子家养老送终。如果儿子孝顺还好，生活还有希望，然而很多农村里上了岁数的老人还是孤独地待在屋里自己养老，儿子、儿媳、孙子们等都出门打工去了，常年在外地不回家。

城里有保障的退休老人，进养老院养老，不依靠子女。然而也有很多人，或受条件限制，或是不愿意去养老院过集体生活，只想安静地留在家里，也不愿请保姆，只为保留一些个人的隐私和生活空间。

现在养老的方式有很多，一些老人提倡抱团养老，就是很多孤独的老人聚在一起，他们或是亲戚、同学、朋友等，几家一起，互相帮助，取暖养老，这种方式还挺不错。

最好的、最贴心的养老方式可能是子女常来关怀，尽些孝心，顺其自然地养老。老人养老最需要的就是精神层面的关怀，然而这往往被忽视。如今，老人与儿女及孙辈的情感交流，同旧时相比，还是缺失了很多。所以，有时间，多回家陪陪老人，奉献你的爱心。

儿子的成长，有我的陪伴

年轻时，看到别家的父母教育孩子，有对待孩子很宠爱、百依百顺；有信奉不打不成材；也有循循善诱的，耐心教育。我当时就想，等我有了孩子，我一定好好教育他，顺着他的兴趣来，不会强迫他学习。可当轮到我做父母时，面对的真实情况是跟以往的想象完全不同。

体会到从前我对父母的说教表现出的不耐烦，跟父母顶嘴有多么让他们伤心。

现在面对一个很有思想、有个性、脑筋急转弯比自己快，又很会说话的孩子，不知道如何才能教育好他。有时在他面前，感觉丢失面子，让我心烦，会控制不住自己的情绪，用偏激的教育方式来对待他，甚至朝他大吼，他很委屈，我心里也不好受，好在小孩子不记仇，过了一天就会跟我又说说笑笑。

像很多的父母一样，我对孩子寄予很大的期望，从孩子很小的时候就开始着手谋划他的未来，到书店找有关教育方面的书籍学习，书店里的各种有关教育的书籍真是太多，多是能干的父母出书，有成功把子女培养出上哈佛的，也有把残疾孩子培养得有出息的。然而发现，在这些父母讲述的事例中，他们的子女都很完美懂事，而且天生就有自觉性，教育方面不让父母操一点心。对比我的儿子，他们的教育方法并不适合。我的儿子贪玩、调皮又任性，只对自己感兴趣的东西，才会有很高涨的学习热情。年龄小，自控能力差，对学习的关注没有持续性。

陪儿子去学二胡，课上，同一个谱子，我发现每个孩子拉出的调都是不同的，拉二胡要随着人的情感，有的孩子拉得非常有激情，有的则很安静地拉，有的心情不好时，拉出来的调有气无力，声音像蚊子叫；还有胆小的，断断续续地拉二胡，音调不准。

多数孩子是在父母的逼迫下练习的，父母的出发点都是好的。现在的孩子都不笨，从小就接触音乐，乐感都不差。我的儿子，从幼儿园开始，老师就刻意地培养他们的音乐兴趣，在学校是个文艺活动积极分子，打鼓队的成员，年年都要参加学校组织的文娱表演，不担心他缺少乐感。学二胡，只能靠他自己看谱子摸索着拉弓，跟老师学习，家里没人能指导他，我们都不懂音乐，他能拉出音调来，不过总是觉得他缺少那么点热情。老师说：如果有一天他开窍了，就会拉好了。学习二胡要具备四心，决心、信心、恒心、还有快乐的心。

很多小孩缺少的就是快乐的心，不管学二胡也好，还是学其他器乐，最主要的，还是老师和父母要有耐心，世上没有天才，都是后天培养的，因人而异，因材施教 。

父母对孩子的教育期望一定不能掺杂太多的功利心，我一个同事的孩子在父母的威逼下学拉二胡，三年级时就拿到了十级证书，但此后二胡再也不摸一下了。赵寒阳教授说：二胡学习技能的全部掌握要十多年，所以能坚持学习下来的孩子还真不容易。

我让孩子学习二胡，想让他在学习的过程中逐步成长，培养他的形象思维，让他认识到只有努力练习才能有收获，从而体会到快乐，不指望他去考级，就是二胡学的不好，能够培养他具备欣赏二胡音乐的能力也不错。

常想宋祖英在维也纳金色大厅里唱中国民歌时，那些老外能听懂吗，可能外国音乐跟中国的都是相通的，那些老外具备很高的欣赏水平，不然他们何苦要花那么多钱买票来欣赏。我认为对于音乐的鉴赏要靠从小的培养，没有天生就具备的。

陪儿子学习的过程中，才明白每个有出息能成材的子女，在成长的路上，都伴随着父母的辛劳和汗水，学习的过程是艰苦的，有父母的多少个日夜风雨无阻的陪伴、接送。

儿子的一位老师说，他的一位女学生现在已是世界国际象棋冠军了，以前学习象棋时，父母天天陪伴她到老师那儿去学习，坚持了将近有二十年。在报纸上看到市“十佳少年”中，他们的父母很多都文化水平不高，根本不能辅导孩子的学习，这些父母说孩子学习时，只是默默地陪在旁边。

前一些时间亚运会上有个体操冠军说，很感谢父母从小对自己的强迫教育，很多小孩子从小并不知道自己到底要学习什么，还有的孩子没有毅力，怕吃苦，只有靠父母和老师的耐心引导，慢慢培养兴趣。没有天生就能有兴趣的，所以鼓励和营造学习的氛围很重要，和遗传没有关系。不过说归说，真正能做到的也不容易。

兴趣是最好的老师

儿子上小学二年级时，每逢星期天，我都要陪儿子去学二胡，学艺两年，想尽各种办法培养他对二胡的兴趣，可总是不见效果，他始终没有过多的热情，让我很失望。看到他在二胡课上那张没有笑容的脸，我在考虑是否该放弃了，不再让他继续学下去，可是身为父母，内心总有些不甘。

想让他从小接受艺术的熏陶，将来长大后生活不枯燥，不要像我们一样，没有什么兴趣爱好，成年后业余生活很无聊。但他总跟我们说，这不是他的兴趣。他对电脑、写作、朗诵、科技感兴趣，少年电脑报是他主动想要订的，每期刊来时，他都看得很认真，也知道了不少知识。有时家里电脑出毛病，他还能派上些用场，捣鼓一下。各种新出来的电脑游戏，他是不用学就能玩起来，我们怕他玩游戏上瘾，影响眼睛视力，就控制他玩电脑，规定每星期日半小时，这在他眼里看来，是很残忍的做法。可胳膊拧不过大腿，他也只好认了。

他很自觉，每个星期日那天，无论我们多么忙，他都牢记这半小时，不管在外面玩得多欢快，总要立刻赶回家玩电脑。对于写作，他也有很大的热爱，喜欢看书，只要上街，路过书店，总会飞快地先跑进书店，进去后就很不容易出来了，要我喊多少遍才肯走，总是叫我掏钱买书，恨不得能把书店里的书全搬回家。每次，都要花钱给他买本书才满意高兴，不然就说我小气。说：你花钱买时髦的衣服、化妆品，倒舍得嘛，不如把这些钱给我买书，能买不少呢。

杨红缨《马小跳》系列给他买全，还有《快乐星球》系列。现在又对名著感兴趣，书反复地看，睡前看，吃饭也看，甚至上厕所半天不出来，进去一望，蹲在里面坐马桶上捧着书看。语文写作，老师布置的作业，规定写作1000字的文章，他能超2000字完成任务，并且乐此不疲，写作方面不用我们费神。

代表学校高年级参加市古典诗歌朗诵比赛，没见他在家里练习，就拿了一等奖，获得个奖品，很开心，也为此得意了很多天，跟我说还想参加其他的比赛，比上瘾了，我浇了一盆凉水，说：要把主要的科目学习抓好，以前的荣誉不代表将来，关键要把握未来。他不理解，跟我说：学的最好的是科学，科学老师最喜欢他，常夸他，跟他说过，科学学的好，上初中对物理、化学很有用处，考初中时也会看科学成绩。

参加区小学生赛车比赛，赛前他天天沉迷于拼装赛车，结果虽拿了奖，可学习也给耽误下来，期中考试成绩很不理想，他爸为此很生气。儿子私下安慰我说，老师说这个奖以后小升初去名校会加分。真假与否我不知道。

对中国象棋也很感兴趣，一年级时送他跟专业象棋老师学习，一周三堂课，无论刮风下雨，他都要去上课，上课的地方环境很不好，周围是菜市场，夏天蚊虫多，叮咬得他双腿上都是红包。那里没有空调，夏天炎热，冬天寒冷，我们大人都受不了，可他从不叫苦。

象棋课上他神采飞扬，积极主动，那认真劲儿，跟小朋友下棋一个棋子都不让。平时在家里，只要有空闲，他就抱着棋盘上街找人下棋，有时跟六十多岁的老头在街边下棋，常有街上老头打电话到家里，约他出去下棋，整个一条老街多数人都认识他，比我们大人有名气。

后来，他痴迷得上课都在想着下棋，老师告状到家长，没办法，只好停了象棋课，他一直记恨在心，时不时会嘟哝两句。

他沉迷于这些兴趣中，我既开心、又担心，怕他耽误学校的正常课程，毕竟将来上初中、高中等，还是要靠成绩来体现基本功，虽然如今都讲素质教育，可真正说归说，现实还是有段距离。

小学课程老师都抓得很紧，只要儿子学习稍有退步，老师就会跟家长汇报，每天的作业，都要家长检查签字，做家长真不容易，不知如何选择才好。他虽兴趣浓厚，就这么个小脑瓜，也要休息，他的这些兴趣想压制也压制不了，只好顺其发展。

淘气的儿子

前天晚上，和儿子两人在家，儿子一直跟在身旁磨磨唧唧，想要一个宠物机，让我给他购买，只要八元钱，还跟我保证以后考试都在 95 分以上，说班上小朋友大都有，只有他没有。我不同意购买，不是我舍不得花这钱，跟儿子说，中午才在单位扶贫捐款，捐了 100 元，一个棉被和一些儿子穿嫌小的棉衣，还有十多本书，单位组织的，不知道捐哪里，但知道肯定是哪里受灾了，冬天马上来临，还不知道他们怎么能够度过寒冷的冬天。

跟儿子讲了这事，跟他说，要在学习上跟人比，不要在玩具上跟人比，这个世上还有很多小孩子连温饱都达不到，更别提拥有玩具了。儿子不是很理解，现在的小孩子太幸福了，独生子女，从小就被家里几个大人宠爱着，娇生惯养，体会不到别人遇到的苦难，没有挫折感。有时真担心等孩子长大了，遇到困难怎么办，他们会适应环境吗？

春节时，我们带着儿子回到苏北涟水县乡下老家，我的外公外婆家，想让他体验感受一下农村的生活环境。他第一次来，原以为会不适应，可是到了乡下后，乡下的房子有个大院子，院门每天都是对外敞开着，家里不锁门。乡下很冷，条件简陋，我跟老公首先不适应起来，穿着又厚又长的羽绒服，还是直喊冷，在家里不停地跺脚。饮食、生活等都很不习惯，没想到顽皮的儿子，倒觉得很新鲜，玩得很开心。

平时在家里多被管束着，要学习，很少让他玩，男孩子时不时地会在家里整点儿动静出来，我们也一直注意，怕影响邻居。楼下有一对老夫妇，心脏不好，一旦家里有拍球或其他动作产生声响，老夫妇就会找上楼来敲门提意见，我们常要跟人打招呼道歉。出于安全考虑，规定他没有大人陪伴，不得随意出门玩，吓唬他，会被老拐子装麻袋里背走。

到了乡下，他自由了，只管尽兴地玩了，出门满村子找小朋友玩，任意往邻居家串门，跟大朋友学会玩扑克牌。在院子里，拿着树枝当武器乱舞着，到处挥动着，寻找目标，看到猫、狗、鸡就追撵着玩，那只家猫看到他就躲起来，快速地攀上墙头。院里、院外鸡飞狗跳，猪圈里的猪被他用树枝戳得嗷嗷叫，院门口有个压水井，边上有个水缸，只要看到缸里水不满，他就会学大人样积极地用双手去压水，把水缸添满，一到吃饭时人就没影了，要满村子挨家挨户地去找他。

乡下待了三天，他倒很适应了，吃得香，睡得着，每天玩疯了，小脸兴奋得红扑扑的，双眼炯炯有神，还学会了往口袋里装些瓜子，放嘴里边吃边随地吐壳，跟我们说道：还是乡下好，乡下吃瓜子随地吐壳，我还不被大人骂。我跟老公看到惊呆，老公说：赶紧回家吧，再不回，儿子性子要玩野了，那样回到家就更不好管束了。

生命中最重要的人

你当然是我生命中最重要的人，你是我孕育的，经历了九九八十一难，我才生下你。

想起生你的那天，在产房里，我孤独地躺在产床上，鼻腔里吸着氧，一只手挂着水，另一只手被束缚着。你在我肚子里，来回不停地踢动着，那种疼痛感让我终身难忘，就像孙悟空在铁扇公主的肚子里来回折腾。

你出生后，我小心地扶养你，历经多少次的担忧和劳累，你生病的日子就是我的磨难，一次又一次让我经受无眠、担惊受怕的时刻。

上学后，我像大多数的家长一样，对你充满期待，刻意想去培养你，于是陪你读书，陪你学棋、学二胡。

学中国象棋的时候，你很有天赋，也非常感兴趣，一年的时间，超越了老师的其他学生，师兄师弟们，他们学了几年。而我风雨无阻，陪你去老师那里学习，有一次，狂风大作，又湿又冷的冬天，推着自行车与你走到巷子口，一阵大风吹来，连人带车将我们吹出老远，我打退堂鼓，跟你说："今天不去了吧。天气不好，风大，没法走！"你着急地不停地催促我，用近乎求我的语气说：“妈妈，走啊，继续，我要学象棋呢。”

你对中国象棋的学习兴趣是最大的，后来，在别的你所学的兴趣班上再没有看到这种热情。我要去上专升本，没人送你，无奈地停止你的中国象棋学习，你恨恨地说：“我会让你们后悔的。”多年来，我一直处在后悔中，兴趣是最好的老师，的确如此。

小学阶段的你，成绩优秀拔尖，只要你肯学，学什么像什么，我们为你骄傲。升了初中后，在全市最好的外国语学校，你落伍了，不适应了，显得那么叛逆。你也为此吃尽苦头，付出代价，中考失利，那是我的痛，不愿再提起。

你也像我一样，曾有过文学梦想，告诉我，想学韩寒休学在家追求文学的道路，被我给掐灭了，认为不切实际。你背着我们，在某网上追梦很久，写网络虚幻小说，成了签约作者，但后来，你不再坚持。

如今，你已长大，未来的路，还是要靠你自己走，我不再陪伴。

父爱如山

我很少写他，他的脾气不好，小时候一直有些怕他。

在我很小的时候，有一次，母亲起得早有事先走了，没来得及给我梳头，我的长头发没有人给我编起来，就上学去了，那天学校组织学生到连队粮站参观，父亲刚好在那里劳动，他看到我头发蓬松凌乱着，就喊我过去，到他身边，他坐在一个水泥台阶上帮我编辫子，以前他从来没有给我编过，所以笨手笨脚的，折腾了好一会儿，勉强给编起来，编得不好看，引得同学们在旁边嘲笑，后来我再也不让他给我编辫子。

父亲小时候，刚生下来，他的母亲就走了，爷爷无力照顾他，就把他送人了，养父母对他很好，视如己出。六岁时，养母因病走了，养父又娶了一个，这个养母生个女儿，她对父亲不好，常打骂他。父亲还有两个亲哥哥，看到这样情况，就把父亲领回家。

父亲学习很好，养父一直惦念着他，常在父亲上学的路上，喊他到地头，暗地里从兜中拿出些好吃的东西塞给他。

父亲初中毕业考县中时，亲生父亲和养父都走了，家里很穷，无钱供养，他放弃了，老师从几十里外的镇上骑车到乡下，动员他去考试，载着他去县城应试，去迟了，没有考好。老师说：按正常水平发挥，他一定能考上的，感到很惋惜。

后来发生自然灾害，地里没有收成，没有饭吃，父亲只好到新疆去支边，来到了兵团，那时他十五岁不到，投靠在新疆的二大爷，再后来成家立业，抚养我们。

父亲曾有很多次上学的机会，那一年恢复高考后，连队安排父亲去农校学习，免费学习两年，出来能有个中专文凭。那时团场有学历的不多，如果父亲学成回来，对他的事业肯定有提升机会，然而父亲放弃了，因为我们，那时我们还小，母亲是家属，收入很低，如果他走了，我们要面临没人照顾和看护，父亲实在不放心，就没有去上学，还是继续种田、做农活，养活我们全家人。

想想跟父亲，真的没有什么沟通，跟母亲交流的多。青春期的时候，跟父亲发过脾气，什么都不愿意听他的，有了独立的意识，看不惯他的一切做法，想着离他越远越好。而父亲却跟我说：女孩子不要跑那么远，离家近点，受委屈的时候，可以回来诉说。而他说的，我总是跟着反着来做，我离家万里，不愿回头。

多年后，面对一地鸡毛的家庭生活，我无处可去，无人可说，受了委屈只能往肚里咽，有了困难只能自己解决，没有依靠，没人帮我，那滋味真不好受。

后来弟弟大学毕业后来了，来到我生活的城市，他说：父亲让他来的，担心你一个人在这里孤单。我还倔强地认为关心是多余的。

再后来，我慢慢地理解，有个弟弟在同一个城市真好，有什么事，可以找弟弟帮忙。过节的时候，可以互相走动，维系亲情。

父母退休回来十多年，其间，我要买房，钱不够，找父亲借钱，父亲给我钱后，跟我说，不用急着还，你还有儿子，将来用钱的地方多，实在不行，不用还也可以。我顿时泪目，感觉这不是爱钱如命的父亲嘴里说出来的。

父亲对自己很抠，穿的衣服都是在地摊上或超市搞活动时的大卖场买，有时我们给他买贵些的，他会跟我们发火，让我们退了去，跟我们说要节俭点过日子，以后用钱的地方多。

常常以为，父亲重男轻女，对弟弟的宠爱比我多，有时跟弟弟争吵，他总是向着弟弟说话，让我很气愤，也很无奈。但真到我遇到点事的时候，他一样地会来帮我。

父亲一直默默地立在那里，支持着我的学习、我的决定、我的人生路，让我踏实做人，靠自己的真本事生存，多年后，理解，父爱如山。

母亲与我

儿子休息在家里，我跟他说：“家里有桃子，你要吃吗？我削一个给你吃。”他说：“不用，我要吃自己来动手削个。”然后，我看他一直没有动静，就开始跟他唠叨起来，说道：“你要多吃水果呀，桃子富含维生素，夏季常吃对身体有好处。”“你每天不吃水果不行，这样营养不均衡，容易上火……”

儿子不耐烦猛地一声吼道：“我知道了，你别跟我啰唆了！”

我一下子愣住，心里升起一丝委屈。

静下心来想，我什么时候，也变得像母亲一样爱唠叨了。想起我们小时候，母亲忙里忙外，父亲是不怎么爱做家务的，他只顾着忙外面的田地，母亲除帮忙父亲之外，还要忙家里的事情。母亲是家里睡得最迟，却起得最早的人。

我们姐弟上学时，每日清早醒来，母亲已做好早餐，锅里烙好黄灿灿的饼子，煮好鸡蛋，并炒好菜装盘等着我们起来吃。有时我们起迟了，来不及吃就去上学，母亲会拿着饼子和煮鸡蛋跟在后面追着，硬塞给我们，嘴里说着：“不吃早饭不行啊！头会被饿晕的。”

母亲很疼我们，年轻时我为了身材苗条好看，有时不吃饭只吃水果，母亲会烧好饭菜，端着碗过来，不停地劝我吃，要拿勺子伸到嘴边喂我，我怎么好意思，只好接过碗吃起来，母亲才放心。

与母亲在一起，她总爱跟我唠叨，会跟我抱怨父亲的不是，家里的鸡毛蒜皮，及一些老乡家或邻居家那些与我无关的事，我并不想关心，也不愿意听，可母亲总是说个没完没了，直到捂起耳朵也没有用，逼得我跟她叫起来，她才停止说话，盯着我看，眼神中透着纠结和无奈，然后走开。

第二天她又会忘了似的，继续重复跟我唠叨那些事儿，直到我要发火才停。后来，我远嫁江苏，想着远离母亲，就不会再听到她唠叨了。

等我有了儿子，我慢慢地理解了母亲。母亲跟随父亲从江苏到新疆支边，离家八千多里路，远离娘家亲人，生活带给她的一些困惑，她无处诉说，也无法排解。积累多了，堆在心里，她也难受，只能不停地给女儿诉说，我没有经历过生活的磨难，所以无法深切地理解她。母亲的唠叨，在我眼里，被认为是心理脆弱的表现。对于故作坚强的我来说，觉得不值一提。

养儿方知父母恩。有一天，我也像母亲那样，会时常跟儿子唠叨，唠叨他的衣食住行，唠叨他不良的生活习惯，本着母爱的天意表现，认为是关爱，不是唠叨。尽管我没有母亲唠叨得那么频繁，但好多次想唠叨时话到嘴边被压回了。明白他已成人，有自己的独立生活空间，要尊重他的选择。但有时还是忍不住想关心一下、唠叨一声。

现在，母亲已跟我同在一个城市，相距得很近，我隔两周会去看看她，每次去，母亲依然跟我唠叨个没完，比以前话更多，会一个一个地问家人的事，不同以往的是，我现在能够安静地听完她唠叨了，也会就此跟她聊起来。

她一会儿拿盘点心问我吃不，一会儿又赶紧到厨房下饺子给我吃，一会儿又拿来水果给我，忙个不停。我要回家了，她又唠叨："回老家你外婆给的花生米带上点……"下楼跟着我，把我一直送到小区门口公交站台，看着我上车，不让她送都不行。有时候寒冷的冬天，要等很长时间的公交，上车后望着窗外站台目送我的母亲，风吹着她的银发，我转过头鼻子酸酸的。

母亲的背影

那一天，给母亲买了件衣服，去送给她。到了父母家里，拿着衣服给母亲试穿了下，母亲穿着衣服站在镜子前，灯光照射在母亲身上，我突然发现母亲真正的老了，黑发中夹杂着更多的银色头发，短而乱。腰弯下来了，后背驼着。那衣服穿在身上，母亲努力地往下拉直衣服，拉了前面，后面就短了。

母亲用责怪的语气说："这什么衣服，前后不一样长，多少钱买的？退了吧！"

我走到母亲跟前，在后面给她拉一拉衣服，又从上面肩部把衣服理平。"这不挺好的！"我说。

母亲说："衣服很贵吧，退了吧！我有衣服穿，不要乱花钱了，你有儿子，要为他省省钱了。"

母亲总是这样，每次我要给她买衣服，都会唠叨个没完。

母亲放下衣服，去厨房忙碌，望着她佝偻的背影，我一阵心酸。

时光倒回到从前，童年的我生病住院，对母亲很依恋，母亲常背着我，那时候的母亲很高大，脊背挺直而宽厚，我趴在上面感到很温暖，心里踏实可依靠，有时趴在上面睡着了，母亲托着我走在回家的路上，路灯昏暗，拖着长长的影子。

如今那挺直的背变得像弯弓似的，拱起来，留下消瘦的背影，走路比以往慢了，动作也不是那么利索。

但我每次去看她，她还是把我当孩子似的，下饺子，做我爱吃的东西，端到我面前，不停说地让我多吃点，看着我吃，直到我把东西吃完，她才满足。

走的时候，她也要准备一些吃的东西，硬让我带着，然后下楼把我送到站台，看到我坐上公交车，她才离开，回头走回家。

如今，她老了，不再能背负重的东西，她也不再强大，但她爱儿女的心没变。她温暖的背影，带给我们的是温暖的记忆。

我已步入中年，我的儿子也长大了，母亲年迈，该是需要我们的照顾的时候。去年，她生病住在医院里，我陪在她旁边，看到她脆弱的一面，她为自己生病麻烦儿女而不安，怕成为我们的拖累。

她身体不健康时，曾经那颗要强的心，此时变得很无力，小时候是我们依赖她，现在她变得有些依赖我们。

出院后，身体一旦恢复，就又开始表现出对儿女和孙儿的关心和爱护，忙前忙后的，她还是觉得自己有使不完的劲儿。

外婆的手

这是一双劳动的手，粗糙不已。黑黄的手掌上布满了粗硬的老茧，像枯树皮似的，每个手指的关节处都有道深深的裂口，裂口怒张着，带着些许血丝，裸露出内里红色的嫩肉。

每当我盯着她的手看时，她会身不由己地低头看着，把手伸开，并旋转着，试图张开五指，但手弯曲，伸展不直，或许是那裂口牵着肉疼，只能蜷缩着。

我细白的手摸上去，试图抹平它，却感到很粗糙，这双手每天要下田劳动，锄地、除草，要割草、剁菜、切山芋喂猪，还要撒粮喂鸡，要做每日三餐，淘米洗菜，在大灶上为家人弄饭。

苏北湿冷的冬天，这双手要经受冰冷刺骨的井水刺激，又被寒风吹得皲裂，茧子似的，一层一层地积累，来不及脱落剥去。

劳作的疾苦已掩盖了肉体的疼痛，为了儿女，为了家庭，不辞辛苦地劳作，岁月的留痕，已深深地将烙印留在手上，来不及心疼自己的手，顾不得爱美的心。

每次我去她那里，都记得购买支护手霜带去，试图想让她的手变得细嫩起来，然而她那双手始终闲不下来，尿素的滋养已起不到任何作用。

就这样经年累月，忙了儿女，再忙着孙辈，靠着这双手，勤劳了一辈子，没有享过福，到老年了，还是闲不住，双腿已没有力气，每天要靠着这双手拄着拐杖一步步地挪下楼，坐在楼下门口观望着，聊着，盼着在外打工的孙儿归来。

她已过了九十岁，不再需要劳作，然而这双手始终没有恢复过来。这是外婆的手，始终牵动着我的心。

苦钱

在苏北涟水县乡下跟着外公外婆生活的时候，外公常跟我提起“苦钱”，当时不是太理解，认为劳动获得收入，应该是快乐的事情，怎么会叫苦钱呢，后来，我慢慢地理解了它的含义。

苏北乡下都是平原，除了农田，没有其他资源，为了生存，只能靠着种几亩薄田，每天日出而作，日落而息，一年四季交替种植农作物，精耕细作，从土里刨食，靠着收成来有收入。那收入太少了，除去成本，根本就剩不了多少钱，还要养着一家老小。

外公有三兄弟，老大被父母送到南京上学，考取卫生学校，后到镇江二院做医生。老二初中毕业后参加革命，后回来是一个药厂的厂长。老三是我外公，他十二岁就被父亲送到上海的洋行里做伙计，做了两年，后来日本人打来，他回老家乡下，陪在父母身边，给父母养老送终。所以外公一直靠种植农田苦钱，养大六个子女。

这种苦钱的日子实在不易，我常常听到外公的叹息声，那是长期辛苦劳作发出的无奈声音。耕地的时候，头戴着草帽，脚上穿着草鞋，卷起裤腿，外公赶着耕牛到地里犁地，用缰绳牵拉犁的牛套头套上耕牛后，耕牛在前面拉着犁，外公在后面扶着犁，跟随着牛走，腰带上插着牛鞭，牛不听话的时候，在屁股上抽两下，吆喝着牛往前走，走到地头再往回转。地里泥土湿黏，犁一会儿地，犁上就粘满湿土，要不时用树枝刮下。

播种的时候，用一个一头尖的木棒，尖朝下在泥土中戳个洞，然后另一人把种子播撒进去，用脚一踢，将边上的泥土盖住洞，踩一下。收麦子都是人工割，临近梅雨季，多雨，往往都是抢时间进行麦收。收过麦子就要种晚稻，都是抛秧，抛秧是苦力活，全家都要上，赤脚站在水田里，将一把把带着泥土的秧苗用力地抛入水中，要有一定的力气和巧劲。抛秧时，体力消耗大，家里就会逢集买些肉，做些好吃的犒劳一下劳动者。

秋天，9月，就要播种油菜和冬麦，冬天到来，可以休息一下。四月份油菜花盛开，乡下是一幅美丽的田园景。五六月是最忙的时候，收麦子，收割油菜籽。田里还种着花生、玉米、红薯等。暑假时，玉米长粒，外公会在玉米地里掰几个嫩玉米棒子回来，用火钳插上，放入厨房灶膛烤玉米给我吃。

吃的蔬菜都是在自家门前的几分地种的，只有夏天的时候蔬菜品种丰富些，有丝瓜、毛豆、茄子等，院子的正中放有一个大的腌菜陶缸，里面变着花样腌制大头菜、雪里蕻等，另外还晒干豆角，山芋干等，晒萝卜干腌制。干豆角冬天烧肉，其他一年四季能吃到，早晚搭配稀饭吃。

门前院子里有一个压水井，边上有个大水缸，盖着木质盖子，吃水不用花钱。附近有猪圈，养着猪，天天要去田地割猪草、青菜等，用铡刀切碎，混着五谷粗粮等磨碎的猪饲料煮熟，放热水搅拌，浓度和稀些喂它。傍晚在厨房大灶锅里烧一大锅的红薯稀饭，家人劳作回来，吃过后，剩下不少稀饭就喂猪，养的猪跟人一样，天天要吃三顿饭。一头猪养到年底杀了，留下猪头和一些内脏，一点肉，其余全卖了，也是一笔不小的收入，年底的开销全指望它。猪头用火烤了，除夕的中午，要放在堂屋正中台子上祭祀祖宗。

养的鸡院前院后到处跑，下的蛋，每天外婆用一个葫芦水瓢到鸡窝捡起来，积累一竹篮子，等收蛋的贩子来，拿去卖钱，我不爱吃煮蛋，外婆有时会炒蛋给我吃。

家里还养蚕，养蚕的房间要干燥、通风、透气，不能有味道。堂屋的后面，就是一块桑树田。低矮的桑树，到了夏天长出桑叶，外婆天天去采了些回来喂蚕宝宝，桑叶要新鲜、干净，蚕宝宝一个个被放在木制盒子里，蚕食着桑叶，只听到“沙沙！”的响声，一会儿桑叶就吃没了。等到吐丝结茧，卖钱。

母亲捡废品

我的母亲是个非常勤劳并且极度节俭的人。有时候，我觉得她过分的节约，甚至让我觉得很没面子。

十年前，弟弟家的儿子，我的小侄子出生时，父母从新疆回到镇江，跟弟弟住在一起，带大了我的小侄子。

后来，弟弟一家搬走后，小侄子上学了，母亲闲下来后，无所事事，她就想找些事情做，在小区物业做清扫工作六年，母亲每天兢兢业业地做。

物业被换了后，由于嫌她年龄大，不让她做了。

母亲又到处找工作，去劳动中介交费登记，委托找工作，干过马路清扫工，去另一个小区物业清扫，也到超市干过清扫工，都干得时间不长。她到过饭店做洗碗工，干了几个月后，饭店关门了，老板欠她的工资，还是弟弟帮她去要了回来。

从那后，母亲就不找工作了。母亲闲不住，她专门在小区里转，捡废品卖，我们跟她说："你就捡拾些废纸箱就行了！"可是，她什么东西都捡拾，家里常会多出些鞋子和旧衣物来，那都是别人扔掉的，有的是新鞋。

母亲跟我说：是别人送给她的。我很生气，很多次地跟她说：不要捡别人的旧物，万一有病菌，带回来会传染给家人。因为你也不知道别人家的底细。母亲总是不听话。

母亲年纪大了，越发地固执，耳朵听力也弱了，她出门，我们都很担心她，怕她出事。前年，她跑去别的小区里捡废纸箱，走在路上，被一辆从身后骑行来的电瓶车撞了，导致小腿骨折，骑电瓶车的人跑了，我们带她去医院，打了石膏，花费上千元，她在家歇了几个月，腿不能动弹，需要父亲照顾她。

那段时间是她最安静的几个月，也是我们最安心的时段。她腿伤好后，又开始不安分了，跑到离家几里远的空闲工地种菜，每天都要跑去浇水、除草。

去年炎热的夏天，37℃高温下，她天天跑去侍弄菜地，结果因劳累引发小中风，当时嘴歪、手抖，讲话含糊不清，我们赶紧送她往医院救治，她在医院里住了半个多月好转出院，花费上万元钱。

我们苦口婆心地劝她，身体恢复后，就不要再捡废品了，并给她算了一笔账，让她明白，她卖废品的钱远远抵不上所花费的医药费。

她每个月有低保工资，我们再贴些钱给她，让她好好地在家里享受生活。然而，过了几个月，母亲体力恢复后，又是依然故我地在小区里转，捡废品，我们子女讲的话她都只当耳旁风，不予理睬。

我们给她买的很多衣服，她都不穿，放在柜子里，她只穿别人送给她的旧衣服，或者她自己在菜市场地摊上买的很便宜的、几十元钱的衣服，让我们很无语，也很无奈。

母亲就是这样的人，我们真是拿她没有办法。我们为她生气也好，羞愧也好，她还是我们的母亲。

老家的舅舅说："你就让她随意吧，她如果闲在家里不做事，反而会闷出病来，这样天天出外动动反而对身体有好处！"

忘记性

跟朋友们聊起忘记性，大家谈起很多有趣的事，逗得我们哈哈大笑，似有共鸣，没想到跟我一样丢三落四的女人还挺多的，世上不止我一个人这样。

有人讲：老妈在家里到处转找钥匙，无意间看到桌子上有一串钥匙，就拿给老妈，结果下班回家，自己进不了门了，原来早上把自己的那一串钥匙给老妈了。

还有更搞笑的，说：有一次手上明明拎着串钥匙，却满屋子地翻箱倒柜找钥匙，找了半天发现就在手上。

儿子小时候，我带着他去露天菜市场买菜，钱付好，喊下儿子好走了，我已经走出几步，可小家伙就站着不动，并冲我喊道：“妈妈，菜还没拿呢。”瞧我这记性。

常常为找钥匙而没少责怪儿子，因为他会拿着钥匙当玩具。只要家里钥匙找不到了，首先就怀疑他，他为此受了不少委屈，有多次还都冤枉他。

单位离家近时，十分钟的路程，我早上上班不急。就掐准时间去，常在临走时，找不到钥匙了，急死人，就总责怪儿子。后来儿子长大了，奇怪，这种现象发生就少了。

单位搬迁新区后，离家远，为了防止找不到钥匙，我每天都提前把钥匙等东西塞包里放好，出门前再翻一下，验证带没带，时间长养成习惯，丢三落四的毛病改了，找不到钥匙的现象也少了。

有一段时间，为了防备被我冤枉，老公和儿子每天做我的监工，一起盯着我，看到我用过的东西，只要没放回原位，或没重新包装好，老公就会跟我喊起来，提醒我，马上物归原位。

家里每人各自的东西，规定都有自己的放置位置，各人管好自己的东西，不许乱放，没放好就不准冤枉别人。

以前，忙儿子的事，忙家里的事，忙工作，要忙的事情多，有时无头绪，也没有耐心，赶时间就是赛跑，常会有找不到钥匙的现象发生，急得跟家人乱发脾气，如今生活节奏慢了，这种现象再没有发生过。

公公住进老年病房

公公因病住进了江滨医院的神经外科病房，当晚就做了手术，在脑部开了个洞。

婆婆说："他平时都按时六点起床，早上到时间了，他还没有起床，还要我去喊他起床，起来后也不知道刷牙、洗脸，以往每天早上起来习惯做的事都不做了，只是坐在沙发上发呆。喊他出去转转，他走路又不稳，要摔倒的样子。"

我们听后，觉得不正常，就把他带到医院去检查，做了脑部 CT 检查，后来医生看了后说：脑溢血。

正是过节期间，医院的主任医师都休假了，医院里刚巧有个老的主治医师值班，他工作二十多年了，很有经验，手术技术也好。

当晚他就安排了手术，微创手术很成功，在头顶右侧开个洞，把里面的血水抽出来，然后止住出血口。

医院没有病床，当天晚上公公住在 ICU 观察室，第二天转到了神经外科普通病房，他醒过来后，都认出了我们，我们松了一口气。

病房里的护工，是一对夫妻，河南人，夫妻俩在这里待了有十年了，整个神经外科病房的病人护理被他们承包下来，一天24小时护理，很是辛苦。但做这项工作时间长了，他们已经很有经验了，照顾病人也很麻利熟练。

病房里有三个病人，全是这个女的护理，除了我公公外，另外两个是女的，她们的病情相对来说更严重些。

每个人床头柜边都放着心电监护仪和吸痰器。还有氧气瓶，吸着氧气，他们身边还有流质吸食管，身下还插着导尿管、尿袋。每隔一些时间，尿袋装满了就要把下面的开口打开，接入尿壶，然后拎着尿壶到卫生间倒掉。

病房里的病人每天都要挂水输液，看着病人躺在病床上的样子，我们心里很难受，同时也深受触动，当有一天，我们老了，会不会这样？

这是我公公第一次这样住院，医生说：幸亏送得及时，不然就有生命危险了。

隔壁病床一个女的，是因交通事故脑部受伤住在医院里，她躺在那里，一动不动，没有意识，总是瞪着眼睛，眼不眨，常常会有一口痰把她憋得呼吸困难，护工要不时地过来给她吸痰。

听说她已经在医院里躺了两年多了，因为有护工，她的儿女也不常来。也不知道她哪一天会有意识，并开口讲话。

另外一个稍微好些，但也要吃流食，每天她的女儿把饭菜一起用破壁机搅成流质，然后通过吸食管从鼻孔喂入。

我公公先说是脑出血，出血止住了，很快他能吃饭了，并可下床走动了，但没过两天，他又出现反常，开始癫痫发作，又脑梗了。脑出血和脑梗的用药是相对冲的，没办法，我们找人把他转入神经内科病房。

刚进入那天，给他找个女护工，那天下午当我们跟女护工交待好后离开，回到家不久，女护工打来电话，说公公癫痫发作，医生把鸭舌板放入口中都被咬断了，当我们去的时候，他的四肢都被绑在床上，女护工也吓跑了，不愿意干了。

后来我们又换个男护工，这个男护工很有经验，五十开外，安徽人，在镇江干了很多年了。把家安在镇江，儿子也工作了。

公公躺在床上，醒来时，都不认识我们了，还不时地发作，并且左手和右腿没有了知觉，我们都很担心，不知道如何办才好。

情况严重的那几天，一时找不到护工，老公和我弟弟就轮流陪护着，要给他擦洗，还要常给他翻身。

当时医院有一种进口药，医生说根据公公的情况，也只能试试用，不能保证效果，老公同意用，自费药很贵，每支都要几百多元，一个疗程就要花几万元钱。幸运的是，这种药对公公有效，他很快就平稳了，也逐渐清醒过来，并认出了我们。

后面就要帮助他恢复治疗，用药的同时，还需要按摩理疗，我们做子女的都跟着学，医院的理疗科也每天拿着医疗设备来理疗。

我们请的男护工很有经验，他会手动按摩推拿，告诉我们医院里有康复理疗中心，可以去参加。

神经内科病房就是个老年病房，里面住的大都是上了年岁的老人，他们多是脑梗病人。

有些人五十多岁就患脑梗，这个病还真有些麻烦，不可能根治的，情况重些的病人躺在床上不能自理，也不能动，意识模糊。如果发现及时，有些病人通过药物治疗能缓解症状。

有些会有后遗症，这些后遗症要经过后期的康复训练，有些通过中医针灸、推拿、还有器械理疗等，配合一些体育器材进行适当运动，进行康复。

给我公公护理的男护工，说之前他护理一位快八十岁的老人，护理得能走路了。老人出院回家后，他的儿子是大学里的体育老师，逼着他利用健身器材进行高强度的锻炼，结果适得其反，老人很快又住进医院里了，已经昏迷不醒，情况很严重了。

所以，护理病人需要有技术，不能着急，要根据病人实际情况，慢慢地来护理，循序渐进地帮助康复训练。有的医院有康复理疗中心，专门针对老年脑梗病人全方位地进行康复理疗。

在医院里，有的老人长期雇用护工陪侍，吃住都在一起。有的病人一旦手发麻发抖，就赶紧住院。

与公公相邻的病床住着位乡下老人，六十岁左右，已经几进医院了，他自己配制些中药悄悄地喝，有时候，他会坐在床边哭，那是急的，因为他乡下还有很多农活要做，治疗这个病花费也不少。

久病床前无孝子，有些老人孤独地住在医院里，没有子女来看望。

我公公因为治理得及时，现在已过两年了，他能走能动，说话清楚，没有留下什么后遗症。

改不了的乡音，忘不了的乡情

我们旗袍沙龙读书组群里，有一群妈妈，每天早上在群里练习朗读，学说普通话。她们出于乡音的缘由，舌根音很难改变。有一天，一位姐妹忍不住用当地方言读了一段文章，听起来别具江南吴语的味道，在我们听来，乡音是最美的语言。

快到春节了，很多人在回乡的路途中，他们之中有些少小离家，到外地生活，时隔几十年，当老了回乡时，那熟悉的乡音仍改变不了。乡音就像深刻在脑海中的记忆，无论如何都忘不了。走在异地或他国街头，如果听到一声乡音，那是何等的亲切，它能拉近彼此的距离，交流也顺畅起来。春节里走亲访友，听到了备感亲切的乡音，心情好了很多，整个人也感觉轻松了不少。

每年春节我都要回到苏北老家，去看我那九十多岁的外婆。曾经跟外婆在一起生活了不少年，想听听那久违的乡音，听听外婆带着关爱的唠叨，以及亲友们的互相问候。我从小生活在遥远的新疆，那里有来自四川、湖南、上海等不同地方的人，自然有各种方言，所以我练就了对方言的敏感性的听力。只要是一听到江苏的乡音，不管是来自江南还是江北的，都认为是老乡。

“老乡见老乡，两眼泪汪汪。”身处在异乡的人相信都会有这样的感受。在家乡时可能体会不到乡音的重要性，当他们远离家乡到一个陌生的环境里，语言的不通，让自己与外界显得很隔膜，突然听到一句乡音，就如同听到一首美妙的音乐，心情顿时会激动起来，感觉遇到亲人般。当年在新疆，我家遇到的所有来自江苏的老乡，都当作亲戚关系走动，遇到困难互相帮助，过年过节互相问候拜年。

江苏不同的地方，方言也是不同的。我公公是镇江人，婆婆是常州人，以前每年春节，公公都要随婆婆去给他的岳父母拜年，拜了几十年了，每当婆婆跟娘家人用常州方言讲话时，他在旁边一句话也听不懂。我弟媳是安徽黄山人，她家乡靠着江西景德镇，方言也相似，弟弟跟着她回娘家拜年，她跟亲人说家乡话，弟弟在边上根本听不懂，很着急。我能听懂老家涟水的方言，但我一句话也不会说，来镇江二十多年了，新疆的同学说我讲话带有镇江口音了，而江苏的同学说我讲话是北方普通话，我成南腔北调了，哈哈！

乡音是一个纽带，不管走到哪里，都维系着我们内心深处那份热爱家乡的深切情感，维系着亲友之间的血脉亲情和同学、朋友、乡邻的情谊。

疏忽的幸福味道

早上起来，嚼着老公蒸好的糯米团子，思绪在飞驰着，团子是我最爱吃的，家里人都知道。这团子是老公的娘舅家人春节的时候送过来的。

二十多年前，第一次跟着老公去常州武进乡下拜年，中午，老公的舅家烧了一桌丰盛的饭菜招待我们，席间，他们端上来一盘糯米团子，每个团子像小包子大小，做成寿桃样，上面掐尖儿，点上红，团子内包着菜肉馅、豆沙馅等。团子都是舅舅家自己做的，我非常爱吃，一口气吃了四个团子，一盘盘的诱人好菜端上来，有荤菜、有素菜、有煲汤，我照样吃，那顿饭我吃得很撑。接下来的几天，我都吃了不少团子。

第二年春节，当再次跟着老公去常州舅舅家拜年时，团子端上桌时，这次，我只吃了一个团子就再也吃不下了。后来我问老公：第一次到你舅家，吃了那么多团子又吃不少菜的，那么能吃，没吓住你吗？老公调侃道：指望你能吃能干呢，哪知道后来看看原来都是假象。

从那以后，老公的娘舅家人都认为我爱吃糯米团子，每到春节，就会送来不少团子。我在品尝到美味的同时，也感受到了一丝丝暖意。

老公从小是在娘舅家长大的，舅舅姨娘们都很喜欢他。时常，他的姨娘会做一些老公爱吃的常州特色菜肴或点心托人送到镇江来，有团子、糍粑、酒酿扣肉、馄饨等，还有常州烧饼，又甜又咸的味道，只有老公爱吃，我是吃不惯，只爱吃团子。

那天，偶遇到朋友明子，我们有两年没见面了，自从搬离大市口后，就很少联系了，以前常在一起。她说：和共同生活了二十多年的老公离婚了。我很惊讶，明子滔滔不绝，历数前夫的罪状，能感受到她的一颗饱经受伤的心。

明子本是一位性格温和、通情达理、做事又利落的人，家总是被她打理得干净整洁，摆放有序。她热爱运动，旅行、跑步、瑜伽等，练瑜伽时，每个动作都很到位，常令我羡慕。她热爱生活，喜爱旗袍，也常会去参加慈善活动。

这样一位阳光积极的人，却遇到木讷的前夫，不善表达，人又懒，还爱喝酒，俩人始终无法同行。

前夫每天醉心于酒桌，流连忘返。家里的事从来不过问，包括老人、孩子的关爱等。离婚前，明子生病，发着高烧，前夫照样出门喝酒，对她不闻不问，没有一点关心的表示。他纯属于个人迷恋喝酒，每天跟一帮狐朋狗友流连酒桌，只图一时的潇洒快活。

还有一次，出去喝酒，喝多了，摔断了胳膊，跑到明子工作的那家医院里去看病，弄得她整个单位同事都知道了，明子被彻底地激怒了，果断地跟他离了婚。别人都劝她，前夫没有外遇，也没有其他大问题，只是爱喝酒，就这样离婚，理由好像说不过去。

明子说：这么多年，家里一切大小事务，都是她一个人在操劳，已经很累了，没有人体谅她的苦衷。家里的事，他从来不过问，甩手掌柜一个，只知道出门喝酒，把自己当作免费的老妈子来侍候他。怪自己过于能干，从结婚开始，什么事都自己做，让他安于现状，理所当然地享受，从不知道疼爱体贴别人。

生活这么多年，他不光对我和女儿没有关心，对他自己的父母也一样，他们老了，生病了，都是来找我，我把他们带去医院看病，他从来没有关心问候过。平时，他的父母及亲戚间关系冷漠，没有走动和聚会。而且对我的娘家人等，我的老父亲，也是从来没有关心问候过。夫妻之间早已没有关爱，也没有共同语言。他喝了酒回来，还会耍酒疯，动不动地对我有所怀疑，限制我与朋友间正常的交往。这样的生活，早已让我忍受不了，相处在一起，看到他心里就烦，不如分开过好了。

听了她的话，我感慨万千，感到我是生活在蜜罐中，应该知足，所有我能感受到的点滴幸福都是家人在背后默默地支持和给予的。然而在我眼里认为很平淡的、几近被疏忽的幸福，没想到对于他人，却是那么难以得到。

家，如果一方只知道享受，而不付出，早晚会出事的。责任和义务要共同承担，共担风雨，相互取暖，这才是家的含义。夫妻之间要同步，有交流，有感应，而不是各走各的路。家是充满趣味的地方，要懂得表达爱意，不要疏忽幸福的味道。因为有实无味的婚姻，令人感到无趣而绝望。

幸福的小片段溜走了

一个人在办公室忙碌，忙到华灯初上，人去楼空，空闲静下心，想道：幸福是什么？眼前什么都不缺，但内心总感到少了些什么。随着年龄的增长，对幸福的感受和领悟也有所不同，觉得幸福的感觉，似若有若无，有时来得很突然，很短暂，不敢苛求，当自己还沉浸于当中时，没来得及回味，幸福就悄悄地溜走了。

人到中年，有时显得很急躁，内心安慰自己，要冷静、要理智，这时就感觉幸福的感觉离我很远。想着为什么总会遇到这么多复杂的人和事，不想、不愿去面对，却还是要默默地去正视。现实和愿望总会存有一定的距离，不能随心所欲。当愿望不能实现时，会在心中安慰自己，人总要经历磨难。

有个朋友跟我说，人总会遇到一些困难，如果有一天你觉得愿望满足而一无所求时，那你离天堂也不远了。

去父母家，父母看到我很高兴，不停地跟我唠叨家常：市场菜价涨了、米价也涨了、油价还没涨，这些在我眼里很细小琐碎的事。我说，往后每月给你们一些钱，他们赶紧说不要，不缺钱用。我知道，他们只是想跟我唠唠。

突然发现，父母老了，对子女的依赖多了些，要求不高，就是多说说话，他们总怕给子女多添加麻烦，为我们付出一辈子，一直算计着过日子。我们长大，想让他们享享福，却发现他们清贫节俭惯了，生活还是那么节约地过，生活质量要求不高，很知足。而我们尽管年轻，却对什么都不满足，总想着更高的物质享受，有空多陪陪父母，也算是一种教育。

清明节，亲戚送来高桥的蒿蒿茧，又有得吃了，每到过清明，就想念这个味道，蒿蒿茧是老公的舅婆做的，舅婆有 80 多岁，知道我爱吃，今年特地多送不少。

老公的外婆曾是常州城里大户人家的小姐，嫁人后，跟着丈夫来到武进乡下生活。她在世的时候，会做不少菜肴，酒酿扣肉，做好一碗碗地送来。精选有肥有瘦的五花肋条肉，切片，跟酒酿一起在乡下大灶米饭上慢慢蒸出来，色泽红亮，吃起来香味扑鼻，入嘴即化，口齿留香，搭配饭吃绝对的美味，每次上桌都被我们抢着吃光。

本不爱吃肉的人，却改变习惯，变得爱吃起来，还特爱吃肥的，一点也不觉得油腻。外婆还会做糍粑和年糕团子。糍粑是用糯米饭经过捶打后，然后每个里面包上菜肉馅或黑芝麻，外面再沾上一层黑芝麻，放在蒲叶上隔水蒸熟，味道又香又甜。年糕团子是用糯米粉做的，包上馅料隔水蒸的团子，每到过年时用蒸笼蒸出很多团子送来，知道我爱吃，浓浓的一份爱意，想念那味道。

那年春节，跟着文旅户外网组织的去登南京紫金山的活动，把老公和儿子一起忽悠着去，车子坐着很干净舒服，有 30 多人参加。早上出门时，他们不断地埋怨我，因为这俩人不爱爬山，登山时，看到一路的雪景，他们的埋怨少了，路上不断地看到很多老人从山上走下来，告诉我们山上雪景很美，让我们充满期待，想看到更美的雪景，互相鼓励，终于爬上山顶。山顶银装素裹，分外妖饶，煞是好看，登高望远，南京城面貌一览无余，玄武湖也近在眼前，开阔无比，身处美的雪景，仿佛进入童话世界，使人流连忘返。太阳出来时，树梢上瞬间显得晶莹剔透，充满神奇。

端午粽香情

每到端午节，清晨去菜市场，就会发现菜市场大门附近多了好些小贩，在卖红红绿绿的鲜艳的丝线和香囊等和端午节有关的小物件。走入菜市场，柜台菜摊上也有了新鲜的粽叶贩卖，贩卖艾叶草的商贩也多了起来。

端午节起源于我们南方地区，古代吴越地区崇拜龙图腾的部族举行图腾祭祀的节日，每年农历五月初五以赛龙舟的形式举行，这种习俗，早在屈原之前已经存在，传承至今。所以，每年端午节那天，我们本地的金山湖会有组织划龙舟比赛。

端午节包粽子是延续了千年、很古老的习俗。儿子小时候，每到端午节前，婆婆就早早地浸泡好糯米，采买好粽叶，准备好包粽子的馅料。粽叶要刷洗干净，然后在水中泡着。粽子有白米粽子，也有红豆馅的、葡萄干红枣水果馅的、咸蛋黄肉馅的等。婆婆每次用一根线缠绕着将粽叶内填入糯米和其他馅料，包裹成别致有形的、具有立体感、漂亮的棱角。我学着包，包得不好，总包不出棱角来。

婆婆包好后，用丝线连着几个粽子来区分包的是什么馅的粽子。然后将粽子放入大锅内加水煮，放水要漫过粽子，每次将洗好的鸡蛋和鸭蛋放进去一起煮，煮1~2小时。水煮粽子的过程中，屋内飘满粽子香味。粽子煮好后，捞出放凉，煮好的蛋我们叫“粽叶蛋”，原来白色的蛋壳变成咖啡色，我们都觉得粽叶蛋比茶叶蛋还好吃，都抢着吃粽叶蛋。剥壳后，一口咬着蛋白和蛋黄时，鼻腔和口舌都充盈着粽叶的芳香，刺激着我们的嗅觉和味蕾。

每年端午前，婆婆都要包好很多粽子，分送给子女或亲戚。尽管现在超市里堆满了各种粽子售卖，但婆婆还是要亲手包，这包的是粽子，聚拢的是温情，让子孙无论走到哪里，走多远，都会回味这粽香的味道。

端午家人相聚时，我们都要烧制“五红”菜。“五红”菜就是烧炒好五种带红颜色的菜招待家人。有蒜瓣烧炒苋菜，水煮虾子，咸鸭蛋，红烧黄鳝和猪肉等五种红色的菜，其中必烧的一道菜是红烧小黄鱼。小黄鱼要加入黄酒烧制，每到端午时，黄鱼是最鲜嫩肥美的，一家人相聚在一起时，品尝着这些时令菜。烧制“五红”菜肴寓意着能为家人辟邪、除灾、消暑，婆婆说：端午节吃了“五红”菜肴后，整个夏季一家人都会身体健康，平安消暑。

婆婆也会准备些用红黄绿等彩色丝线编织而成的红绳，包裹着煮好的粽叶蛋给小孩子玩耍，玩累了、饿了就将粽叶蛋吃了，还有一些有驱蚊虫功效的香囊，随身挂在孩子身上或睡前放在枕边，还会准备一把新鲜的艾叶草插在门上，用于驱蚊虫。端午节虽短，那浓浓的粽香和“五红”菜肴是化不开的亲情、忘不了的家的味道！

清明回乡

或许是年龄大了，容易胡思乱想，临近清明前，眼中总是晃过外公的幻影，躺下在睡梦中也会出现，于是趁清明放假，我坐汽车回涟水老家给外公扫墓。

一到过节，本不爱出门的我，还是坚决地出门。高速上到处拥堵，原来只需要两个多小时的车程，这天要经过四五个小时才到，第二天回程时也坐了六个多小时的车到镇江，汽车从相邻安徽省转回来，坐得我腰酸背痛的。

外公已走了几年了，想起他在世时，跟着外公外婆一起生活的几年，外公对我的诸多疼爱，历历在目。

平时不怎么下厨的外公，曾经专门为我在大灶锅里做好吃的玉米鸡蛋饼。他有好吃的东西总是先留给我，有一次，他带回来一些糖果，先给我吃，我不吃，他就给了他的孙子，没有给孙女，我开玩笑地说："外公，你疼孙子不疼孙女！"他很敏感地跟我解释道：外孙女一样疼爱。他教育我：女孩子要有女孩子的行为举止，不能像男孩子一样。

外公坐在大灶后添加柴草烧火，他手拿火钳子一边夹柴草放入灶膛，一边给我讲祖上先人的历史故事，灶膛里红色的火光照亮外公的脸庞和衣身。

外公弯腰起身拎着柴框去添加柴草时的身影，清早拿着扫帚扫院子的“唰唰！……”声，砍木柴的场景，把劈砍好的木柴一码码地堆好备用，还有在院子里压水井，抽取满满的水倒进大水缸里。

每次，我去乡下外公外婆家里，外公都不停地忙碌着，把简陋的院子清扫整洁，备好柴草，添好水缸，到鸡窝里去拿草鸡蛋，不停催促着外婆给我做好吃的饭菜，生怕怠慢了他的外孙女。

有一年，我在上高中，那天外面下着大雨，外公披着雨衣冒雨骑自行车行驶在泥泞的乡间土路上，摔了很多跤，骑行三十多里路来到涟西中学，我上学的高中学校，给我送粮食交给学校，然后又匆忙回去。

如今，老宅已拆迁了，外婆和舅舅搬迁住进新楼房里，外公也去了另一个世界，以往的一切痕迹都已随风消失。

到了乡下，四月的乡间，景色优美，葱绿的树，黄灿灿的油菜花盛开着，绿油油的麦田和黄色的油菜田错落有致，形成一幅幅田园织锦图，美丽而灿烂。

外公的墓今年被新移了位置，原来散落在田头，现在统一规划到一片墓地里。那里有很多墓，我给外公烧了些纸，并许了心愿，祈愿外公在另一个世界保佑我们一切安好，祈愿他在另一个世界过得好。

思绪在流光中，有了回转，面对他的墓碑，我有一种不舍的情感，像缕缕的丝，牵动着我的心。然而不管舍与不舍，过往都已逝去，我来了，似乎心有了靠近，便也有了些许安定。

在生命的时光隧道里，没有人会长生不老，但一些过往记忆，一些温暖美好的回忆总会长留心间，留在我的前半生岁月里。

外婆九十多岁了，精神很好，她看到我很高兴，拉着我的手急切地让我留下，可是我的假期很短，又不敢独自开车前来，只好来去匆匆，短短地与她见一面，坐一会儿，看看她而已，聊一会儿天，尽点我的孝心。

她关心着我们的一切事情，不停地问我妈、问我的儿子及其他家人的情况。尽管她耳朵听力不好，家里面亲戚们的事，特别是孙辈儿的事，她都知道些，她知道她的孙媳妇又怀了孩子。临走的时候，外婆到阳台把自家种的花生装满一兜，非要让我带着，这是她的心意，我不能不收。

我走出门，回头望望，外婆腿不好，拄着拐杖已走下楼，一直望着我。每次来看她，我都不忍离去，因为不忍心看到她眼中对外孙女的依恋和不舍，她有些孤寂，没有孙儿常伴左右。我盼望着连淮扬镇高铁赶紧建成通车，那样我能常回来看看，看看外婆。

老屋的悲惨故事

跟着外公外婆住在老屋的时候，老屋虽破些，但充满温馨。

老屋的四周布满从祖上开始陆续种下的老树，它们已长得很高很粗，有槐树、枣树、梨树、桂树等，给夏日的老屋带来阴凉。我们常坐在院子里乘凉，举着大蒲扇赶蚊子，有时睡在院中的凉床上，听着蝉鸣鸟叫，青蛙呱呱，进入梦乡。

春天，槐树开满花时，芳香飘满十里，外地养蜂人会来，驻扎在树旁采蜜，做好的蜜都会送给外婆一些。我吃过那蜂蜜，香甜可口。夏天，我们用根长长的竹竿，顶头固定个小网兜，拿起竹杆往高高的梨树上用小网兜套取梨吃。秋季，爬上树摇晃树上的枣子。

那时候，外公外婆儿孙满堂，家庭和睦，其乐融融。我回疆后，家里发生一系列的悲惨事情。

我有三个舅舅，小舅舅在外地大学里教书，另两个舅舅在农村，都已分家，靠着父母，务农生活。孙子、孙女都是由外公外婆照应着带大。两个舅舅，手心手背都是肉，外公外婆都很疼，有什么都贴给他们。其中一个舅舅、舅妈想盖新楼，看中了老宅的基地，要跟着外公外婆一起合伙盖楼，一起住，并看中老屋周围的老树，那都可以盖房子用，省下一笔钱。

老屋没拆之前，舅舅、舅妈夫妻恩爱，舅妈人聪明，长得好看，做事利落，嘴巴甜一点，很讨外婆喜欢。家里人都反对他们一起合盖房，但外公外婆同意了，新二层楼盖起来，老屋也消失了，周围茂密的老树都被砍了，家里房子变宽敞了，外公外婆跟他们合住在一起。

矛盾来了，舅妈看不惯另一个舅妈老趁他们不在家时，往这里跑，怀疑外公外婆倒贴东西给他们。认为住在一起，外公外婆的所有财产都是他们的。事态发展到两个舅舅为此争吵、打架。

有一天，舅妈说出了要赶外公外婆走，外婆气得找舅舅论理，舅舅看不过，打了舅妈一巴掌，舅妈赌气跑回娘家。过了十天，看舅舅没主动去道歉、接她，她自己一个人跑回来，回到家，舅舅没理她，趁家人不注意，喝了农药。

舅舅已经被她磨得受不了，弄得对父母不孝顺，兄弟不和睦，家里不安宁。

送医院抢救，没救过来，临走前，说道：对不起家里两个老人，她做错了，后悔了，然后走了。她娘家弟妹听说后，喊了一帮人上门，把舅舅家的厨房给拆了，这时县上公安局的人来了，才把事态平息下去。

这件事给我们家人带来长久的伤痛，懊悔也来不及。如果老屋不拆，舅舅、舅妈自己多吃点苦，单独盖房子，可能也不会发生后来的悲剧。那以后，家里一直不顺，发生了很多事，家里人也深刻意识到："家和万事兴"。对后辈也一直教育要齐心、团结、和睦。

村里人说：老屋不能拆，老树不能砍，坏了风水。邻居的大舅奶家，老屋就一直留着，直到后来村子整体搬迁。

第三辑　忘不了的乡愁

我是外乡人

小时候，我跟发小在一起吃饭的时候，拿起筷子，我的手指长长地拿在筷子上方，发小的手指则紧紧地捏在下方，我们互相对望着，忍不住笑了起来。

发小说："妈妈说，筷子拿得越长，将来长大后，就会出嫁越远的地方。"

真应了发小的那句话，成年后，我从遥远的北方嫁到镇江。尽管我的祖籍是江苏，但在这个陌生的城市里，我仍是外乡人。

刚来的时候，家人跟我说："你在外面不要跟人说是从外地来，本地人会歧视外地人。"那时候，像我这样从万里之外的北疆嫁到本地来的媳妇真的很少。

老家的舅舅跟我说："你离家那么远，万一受委屈，吵架，没有地方去，无人可以述说。"

家人的阻拦没能挡住我到这个异乡的步伐，金山寺"白娘子"、法海水漫金山的故事太有吸引力，那时城市满大街都在放《千年等一回》的歌曲，还有江姗的《梦里水乡》。

想当然地认为，这是一个有文化底蕴的城市，那么多的传说故事，一定会让我的文学之梦生根开花。

来了后，发现梦里水乡的人没有想象中那么易于交际，工作圈子的狭窄，同事多是本土人，忠于职守、坚持原则的我，在他们的眼里变成北方人不会变通。

他们是当地的一伙人，有的来自同一乡，因为我是外乡人，跟他们就不是一个圈子，要经受他们多次的排挤和边缘化。

在矛盾和孤独中，让我这个内心柔弱的北方女子逐渐变得坚强和通透。明白没有人会帮我，只能让自己变得强大。然而局促的环境，让梦想变得跟距离一样很遥远，若有若无。

薄薄的面子在困难面前禁不住任何打击，也不值一提，只有豁出去，不断地提升自己的内涵能力，才能让自己能够以淡定的心态面对复杂的人际交往关系，外乡人和本地人没有什么不同，我们都是中国人。

如今，回首过往的经历，感谢那个曾让我经受磨难的人，没有她，我不会变得更加成熟和明通，也不会不停地学习，试图从书中去寻找人生的答案。更不会让我学会识别真善和虚伪，也不会让我深知凡事要忍耐。

二十多年的磨砺，我这个外乡人也逐步融入本地，旧时认识的人也已老去，时代在变化，当初自己本于初心的坚守是正确的，一切变得释然。

走出自己的小圈子，发现世界变得很大，懊悔没有早点走出来，生活变得美好，工作也顺利，重拾起文学梦，好好地规划和设计。

对这个居住的城市历史了解越多，交往的人越多，这里是长江南北交界的地方，很多的本土人祖上都曾经是外地人。

随着人口的流动，城市里的外乡人越来越多，他们在这里安家落户，而我也跟他们一样，逐渐地融入城市，变成本地人。

忘不了的乡味

那次回新疆，到了乌鲁木齐，同学请我吃饭，问我想吃什么，我说想吃凉皮。同学惊讶地说：凉皮有什么好吃的？不稀奇，太便宜了，你当新疆没有好吃的东西了。

新疆有很多好吃的美味，羊肉抓饭、烤羊肉串、拉条子等，但这便宜的凉皮曾经伴随着我的学生时代，是我永远忘不了的乡味。

那时很穷困，口袋里没有多少钱，学校门口饭店里这一盘麻辣香俱全、美味的凉皮就是我们最好的美味。几个小姐妹出门，最后一起下馆子，吃得最多的还是凉皮，一盘凉皮解决了一顿饭，我们边吃边欢快地聊天，这份美味也承载了我们太多的美好回忆。现在居住的这个江南城市，到处都有卖凉皮的，我也时不时地会去吃一下，哪家口味好，就会多光顾。

在新疆，还有一道美味，就是牛肉面，细细的如银丝般的面条是用手工拉出来的，面条下锅后，很快地捞起，浇上热热的牛肉汤，撒上牛肉粒、葱花等，清爽的汤面上飘着葱花，喝一口汤，酸辣爽口，让人回味无穷。回新疆博乐时，我曾去学生时代去过的地方找那家牛肉馆，城市变化很大，已找不到了，我的味道定格停留在了学生时代。后来，在别的地方再也没有吃过那么好吃的牛肉面。

还有让我回味的乡味，是小时候母亲常给我们做的韭菜盒子，还有外婆的枣糕和豆花。以前在苏北涟水老家上高中时，到了晚上十点多钟下晚自习，我们走在回宿舍的路上，常会看到有人卖韭菜盒子，我和同学会各自买上一个垫垫肚子。韭菜盒子油水不多，但也是让我们回味的美味。现在同学们在一起聊天时，还偶尔会提起那宵夜的韭菜盒子。

每到过年前，外婆就会做枣糕，松软香甜又略带发酵酸味的枣糕，是我的最爱。听外婆讲是用米粉和红薯粉掺和在一起发酵做成的，隔水蒸好，上面点缀着一颗颗的红枣和蜜枣。

还有就是豆花。春节前，外公外婆在农家院子里的石磨上磨好豆子，然后倒入一个长长的、大的纱布中，两个人在两头各抓住纱布，来回晃动着过滤，下面放一大木盆兜着。这是个力气活，挺累人的。滤下的豆浆水放入已烧好热水的大锅中，卤水点豆腐，很快锅里飘着嫩嫩的白色的豆花，每次外婆总要盛一碗热腾腾的嫩豆花给我吃，放点麻油、酱油、咸菜豆丁，味道美极了。锅里的豆花再继续煮，就变成豆腐了，这也是春节里待客的美味，老少皆宜，让我们度过一个平安的年节。

我有一颗漂泊的心

童年的我，跟着母亲回江苏探亲，一路颠簸，坐汽车，坐火车，经历多次转车，拥挤的火车上，人挨着人，母亲只能买到硬座票，有时还是站票，我们只能在过道上坐着，晚上母亲在座位底下铺张床单，我们小孩子就睡在下面。火车上污浊的空气、鼎沸的声音、闷热的环境像是逃难。到了江苏，还要乘汽车，坐船，感觉路程好长，漂泊很远，才到老家。返回还有同样的历程。

成年后，回到江苏，生活了二十多年，但我的心始终还是漂泊着，异地的不适应，当地人的排挤，让自己无法融入这个世界，直到现在才习惯。时常挂念着我出生的地方，北疆。关注着它的发展、它的一切。亲人已经回到镇江来，那里已没有我惦记的人，但我还会念着那遥远的地方，一片片戈壁滩，一片片绿洲。

公公镇江师范毕业后，和同学们一起去新疆支边。本来作为家中唯一的男孩子，上面有两个姐姐，按政策，他可以不去，但他有一腔热忱的心，去开发建设祖国的边疆。在那里度过二十年，桃李芬芳。如今退休了，还时时挂念着新疆，几十年一直坚持订阅新疆的报纸《新疆军垦报》，时刻关注着新疆，他的学生也时不时地不远万里来看望他。

尽管我们是江苏人，外婆、舅舅、姨娘等都在江苏，以前念着他们。新疆那一片土地养育了我，就与我分不开，如今我的心还与它联系着，那里还有我的二伯，我的同学，我的邻居，我的老乡。

如果问我最想去哪里，最想去的地方就是新疆，一旦踏入那片土地，我的心就不再漂泊，就像根植入地般地踏实。

热爱新疆，热爱那里的草原、湖泊、高山、童年玩耍的戈壁滩。热爱那里的水果，红红的苹果、诱人的马奶子葡萄、夏黑和金灿灿的皇冠哈密瓜。热爱那里的舞蹈，奔放热情的舞蹈，新疆人的热情，更热爱那里的人。

那是一片神奇的土地，很多个民族融合在那里，团结在一起，建设美丽的家园，幸福地生活。去了那里就不想离开，那里有文学的土壤，多元的文化，自然的风光，奋斗的历史，都是我们笔下精彩的素材。

寻找大辫子

我们班的同学终于找到大辫子了，把她拉入微信同学群里。每个同学都在激动、欢呼。高中时段的一幕幕美好记忆浮现出来。

大辫子是我们母校涟西中学高中的同班同学，她从外县来，有着微黑的皮肤、深邃的大眼睛、苗条的身材，最突出的是两条乌黑发亮的长长大辫子，长及腰间，令我们女同学很羡慕。

那时大辫子跟我同桌，我们共用一个煤油灯学习，有时她会告诉我她的烦心事。她一个农村女孩子，在家中是老大，因父母被传统世俗观念限制，不支持她读书，但她执拗地来到这个外乡学校读高中，艰难程度可想而知。后来她的父母妥协了，会通过邮局邮寄些生活费给她。

那时我们都太穷，她住在舅舅家里，舅舅会克扣她的生活费，使她的学校生活难以维持下去。在老师、同学的帮助下，她从舅舅家里搬出来，跟我们一起住校。多年后再回首那段高中生活，真苦。每天早晚二两馒头加一碗很稀的米粉粥，就着家中带来的咸菜。中午是自己把能装二两饭的盒子放在食堂铁制盘子里，食堂师傅淘洗好米后均匀分配生米放在每个饭盒里，隔水蒸熟。

毕业后同学们各奔前程，没有联系，十六年后，我们才又相聚在一起，并组建了微信同学群，彼此谈起一段段的校园往事。纯真的年代，班长说起他当时喜欢的一个女同学，就是大辫子。有一年暑假，班长曾经骑着自行车，后面驮着大辫子到他的村里老家去过，当时他有心于大辫子，然而落花有意，流水无情。

跟着班长的美好回忆，好多女同学开始在家里翻找旧照片，找出很多张她们跟大辫子在一起合影的照片。她穿着红毛衣，美丽的辫子自然地摆在胸前，女同学们纯真美好的形象留在了那个 80 年代末。

于是，大家开始互相打听，寻找大辫子。班长跑到大辫子的亲戚家打听她的消息，却一无所获。有在公安局工作的同学去查找她，也没有找到。连云港的同学托人四方寻找，到她老家的村上去找，也没打听到她人，找到的是同名同姓的人，不是她本人。这下引起群里所有同学的关心，纷纷多方打探，一些同学往她亲戚家跑了很多趟，她的亲戚欲言又止，就是不说出她的任何情况。有一次，我到南京学习，遇到一位赣榆县的同行，同住在宾馆房间，向她打听，她帮我打电话去问朋友，最后也没有问到情况。

按说现在交通发达、信息畅通，找一个人不难，可我们同学断断续续地寻找她有十多年了，人海茫茫，不知人在何处？就在大家不抱希望时，有同学托人终于找到了她，把她拉入同学群里，同学们很激动，这几天与大辫子都沉浸在同窗回忆中。原来，大辫子过得很好，没有远嫁，2000 年前还住在娘家村里，后来结婚、生子，过着自己的日子。

毕业十六年的相聚

高中同学毕业十六年的时候，我们聚了一次，那次聚会，同学们很高兴，难以忘怀。

相隔十六年大家聚在一起，有八十多人参加，也请了一些老师来，老师们都老了，同学们，昔日的少男少女都已人到中年，为人父母，很多人相貌起了很大变化。

同窗也就三载，却分别十六年，遇到时，我努力地在脑中搜索着往昔记忆，想记起某些面相陌生的同学来，可是怎么也想不起来，只有少数几个男同学还能想起曾经的样子。

男同学当中，以前班上的学习委员现在已是医学博士了，刚读完博士，同学们说：他是精神上最富有，物质上最贫乏的人。以前班上学习不太好的几位现在都做了老板，有好几位是警察，有做律师的，有做医生的，还有做校长的，各行各业。

几个女同学拥在一起，互相聊天，感到自卑。因为相比男同学，班上有十几个女同学，她们来自农村，通过考学，以知识改变命运的人不多，有一个还在家务农。可能是感觉到同学之间身份职业的差距，及命运的不同，她们很沉默，本来想跟她们好好聊聊，可见了面却没有话说，一时不知该说些什么。

十六年前，涟西中学校园是敞开式的，没有校门，没有围墙，地处农田的中央，校园里是一排排的平房，最突出的就是食堂旁的大烟囱。校园的中间有一个池塘，南面是操场，操场往南是一片开放的果园，每到春季，白色的梨花开满果园，芳香四溢，飘向校园，同学们在校园内边欣赏美景边读书。

我们一起在涟西校园里寒窗苦读，就着咸菜吃馒头，喝着大木桶里的米粉稀粥，睡着六十人一个房间的大通铺，夜晚点着煤油灯在教室里苦读，条件很差，生活相当艰苦，但我们当时并没有觉得苦，也许是年轻，苦中有乐。现在环境及生活条件跟以往比变好多了。

不管事业做得有多大、多么有钱，同学之间的这份情谊还是不会变的，我们是一样的人，是同乡，又是同学，有着手足般的情谊，这么多年在外乡的漂泊，无论遇到什么事，最让我不能忘怀的还是学生时代的这份纯真友情。

每当外地同学打来的一个问候电话就是我的动力，备感温暖和亲切。记得同学杨倩，我们在校园里是一对形影不离的好姐妹，春天来了，一起在开满油菜花的农田里照相合影一张，在去县城的路上唱着歌，快乐地说着悄悄话。在涟水县城的照相馆留下另一张合影，这两张合影现在成了我们最珍贵美好的回忆。

记得有一次，一位师娘的老母鸡抱窝了，我俩给她出了个主意，帮她在老母鸡尾巴上绑个红色的旗子，结果那老母鸡仿佛受了惊吓，大声地尖叫，不停地快跑，用力地想甩掉尾巴上的红色旗子，最后给跑丢了，师娘懊悔地不停埋怨我们，说我们给出个馊主意，我俩在边上哈哈大笑起来，笑弯了腰。

最遗憾的事，就是记忆中没有跟哪个男同学交往过，甚至连说句话都很少。那时，我们班上男女同学之间关系太封闭，老师排座位都是男女分开排，男生跟男生，女生跟女生。毕业以后就再也没有相见过，所以直到这次，同学才有缘聚会，很多同学都想不起来我这个从新疆来的女同学。

有梦想要趁早

如果时光倒流，我希望回到1988年。那一年我在老家涟水上高二，正面临分文科、理科班，外公跟我说：看了你高一各科成绩，觉得你文史地理科目成绩强于理科，建议你选文科班。

当时深受父亲的影响，他认为：学好数理化可以走遍天下。我稀里糊涂地选择了理科。后来，高考我因为物理成绩的不理想而拖后腿，影响总成绩，继而影响未来的前程。曾经深深地产生自卑，怀疑自身没有物理细胞存在，所以学不好。如果当初听从了外公的建议，选择了文科，可能今天的我做着自己更为理想、喜爱的事业。

少女时，我对文学达到了痴迷的程度，每天放学后捧着文学书籍看，交往的同学都是家里藏书丰富，父母舍得给订杂志的。会在放假的时候借出一大捧书回家来，待在自己的小房间里废寝忘食地读，父亲看到会训斥我，说我总看些没用的书，还说：少不看西游，老不看水浒。

有一位发小，跟我家是江苏老乡，她母亲是新华书店的负责人，暑假的时候，我会去她家里度过一些时间，每天待在书店看书。还曾跟发小和她的母亲一起去市里进过新书。金庸和古龙的武打小说就是那时候看完的。

多年后的今天，深深地意识到自己对文学的喜爱，然而感觉一切似乎都有些晚了，如果早一点走上文学路，或许今天已经有很多作品呈现。

上高中的时候，语文老师，常在课堂上读我的文章，他跟我说，你的文章完全可以去报纸投稿，那时我内心没有自信，我的语文成绩一直都不用额外操心，领先着，跟我平时爱读文学书有很大的关系。

十年前，博客盛行的时候，我在上面写了不少博文，认识了很多朋友，后来发现抄袭现象太多，一气之下把文章锁起来，不再继续写。

多年来，梦想一直伴随着我，从不曾放弃，它在我的心里，一点一滴地扎根。在生活里，在流影里，在天上高挂的明月里，在匆忙行走的路途中，我舍不得放下。

去年六月，重新开始写作，试着投稿本地报纸，没想到一投稿就中，后续接连发表了近二十篇。我很欣喜，在写作的同时，不断地看书，发现书到用时方恨少。在网上参加写作培训班，挣的稿费都用于买书、学习，收获的乐趣已多于写作。

跟着一群追求文学梦想的年轻人，“80后”，“90后”，“00后”，我的梦想回到年轻时代，追梦的路上不分年龄，拓展写作的视野，学人之长处，来自四方，我们在不同的网络平台穿梭着，简书、美篇、头条等，进入头条原创作者，有自己的微信公众号。回想，如果没有如果，如果梦想趁早，我可能早已硕果累累，写作的路贵在坚持，所以，有梦想要趁早。

第四辑　邂逅寻常巷陌

苏氏后人来镇江

镇江苏颂研究会成立时，现场来了很多苏氏后人，有来自祖籍厦门同安的，宝岛台湾的，广东潮州，福建，山东，还有河北石家庄，河南，内蒙古，江西等。镇江本地的一位叫苏明珍的老人，九十多岁，夫妻俩步履蹒跚地相扶着走来。

我们旗袍沙龙的姐妹，作为志愿者，分守在镇江站南广场、北广场、航站楼、镇江南站等出站口，举着印有苏颂研究会的大红牌子、身戴红色绶带迎接来自不同地方的客人。我和阿梅守候在镇江南站，接到的客人中有苏氏“士”“国”“明”字辈等，好几位是“国”字辈的，接到客人后，把他们引领到停在附近预备的轿车上。

接到一位来自北京名叫苏国良的苏氏后人，三十开外，在北京做灯饰生意。我们的车把他带到酒店，当车行驶在九华山路，他望着窗外连绵的南山，说：镇江挺美的。我们听后高兴地介绍道：北宋有个著名书画家叫米芾，跟苏颂相熟，就曾经住在这山里，他称南山为“城市山林”。问他是苏颂第几代后人，他说不知道，说他老家山东一个村里的人都姓苏，还有家谱。我们接到的苏氏后人，感觉都是学者型的，文质彬彬，姐妹们说，她们接到一位“月”字辈女士，头上盘着发髻，穿着旗袍，很优雅地着披肩款款而来。

客人们接到后，第二天一早，姐妹们就来到会议现场，帮着礼仪分发材料，指引客人进入会议室。现场来了上百人，会议在充满激动与缅怀的氛围中进行。提到苏颂，大家都觉得这位古人很了不起，他在科学、医药学、外交等很多方面的成效显著。有六位专家进行学术演讲，管成学教授做了《苏颂学术研究的过去、现状与未来》报告，我们才知道关于苏颂研究的著作有28本之多。管教授却认为对苏颂的研究和宣传还是不够的，作为苏颂的晚年终老地，镇江苏颂研究会的成立是应时的，将有很多方面的事情可做。比如苏颂墓的发掘考证，苏家大院的保护工作，苏颂纪念馆的落成等。

下午，安排客人到五洲山茶园现场看了下疑似苏颂墓的位置，山上有个净因寺，历史记载是苏颂的功德院，曾经香火很旺，如今安静地坐落在山的南面。大家到净因寺参观，在寺里主持的带领下参观寺院，不觉已四点半，由于下面还要去大路苏家大院参观，我进入寺院提醒大家出发了，看到很多人正围着主持在认真听讲，主持说：那好，给大家留个念想吧，下次再来。这时听到几位老者意犹未尽地说：我们还会来的，明天一定再来。从话语中能感受到他们对老祖的眷恋之情。

后来大家上车，开了一个小时，去镇江新区大路苏家大院。建于清朝，有200多年历史的苏家大院，至今有很多苏颂后人还住在这里。进入院子，看到朝东正大门上有石础青砖多层雕花门楼，门楣正中大字隶书“耕读传家”清晰可见。上面刻有“状元及第”“五代荣封”等像戏剧中的人物热闹场景，有人物，有花草，有蝙蝠等寓意吉祥的图案，门前后都有青石抱鼓，两两相对，上面雕有精美的龙凤花雕纹饰。墙角也雕刻有精美的浮雕。众多苏氏后人参观后，感慨万分，纷纷在门前留影，台湾来的苏女士说要拍下带回台湾仿照。

左侧一个天井，天井南边墙上有一处砖石雕花神龛祭台，叫“福祠”，上为“神龛”，上有浮雕官样人物，中为“供台”，下为火膛。中间有“如在”两个字。有一层雕有好多有角的麋鹿，栩栩如生，这是祭祖用的。

院子很大，房连房，正房东面有一片残垣断壁，说是祠堂，早先失火被烧毁，很可惜。院子虽破，还是带有古色古香的韵味，让人一下子穿越回古代。进入一个昏暗的屋子，镂空的木制格子门，室内杂物堆积很乱，带着一股浓浓的腐朽的味道，一位男子走进来，望着我们。问起，他也是苏颂后人，此屋是他的。

探寻老宅后人

快十二点，正要睡觉，手机响了，是欢颜老师语音留言，说道：“冬日茉莉，这么晚打搅你，我刚刚跟周宅的后代联系上了，她现在旅居日本，我们互加了好友，跟她聊到现在，她的父亲还在，已经九十多岁，爷爷辈兄弟五人当初合伙建的这座宅院。最近，她刚好回来探望父母，这两天有空，愿意带我们进入老宅探访。”

听到这话，本来睡意浓浓的我，顿时激动地了无睡意。后来我们约个时间，把马老师、郦总都叫上，马老师正化疗着，镇江历史文化名城协会会员，研究古城历史很久，古街巷里的老屋门前的市级历史文化建筑标志牌和巷子道路标识牌都是他贴上的。郦总是镇江市苏颂研究会会长，看了我拍的周宅宅院视频，对这座老房子很感兴趣，有个想法，是否可以代管这个宅子，让有实力的老板租赁下来，把宅子修缮一下，弄个清末民初“古宅风情园”供人参观。或开个茶楼，让周家有收入。

两星期前，探访横街老巷子时，看到这座老宅，宅门旁没有市级历史文化建筑标志牌，两座古宅并排着的，南北走向，中间一条长长的约有50米深的小巷，周宅宅院位置在西面。东侧经巷里往屋顶上看，有三五峰封火墙，还有观音兜，青砖黛瓦。

路边有一现代楼房建筑，主人刚好在家，经同意，我们爬上她家顶楼观景，望向周边的古宅，看到周公馆有两个大大的回字形的四合院，古典大气，充满了江南古建筑的韵味，像是戏中的大宅院，激动中拍下了视频，发到朋友圈，大家都说令人震撼，建筑气派。周公馆从外形规模看，是最气派的，也是最为完整的建筑。

约好的时间是下午两点，我们准时到达周宅宅院门口，周宅的后人周女士如约而来，年迈的父母也来了，精神很好，她父亲跟我说，刚出生的时候就住在这个房子里。周女士开了门锁，带我们进入，里面格局保持的还好，但也显示出很破败的迹象了，没有什么老家具，最里面朝南的二层楼房刚装修好，住着周女士的堂哥，他看到我们很不友好，认为房子没什么看头，他们着急地等待着，希望房子早日被拆迁。后来来了一位年长的也是周女士的堂哥，他更是不客气地将我们请出宅子，不许我们拍照。他说：比我们好的房子多呢。然后他们堂兄妹之间开始吵起来，看到他们争吵，我们也识趣地离开。

周女士说：很希望留下这座古宅，小时候在这里跟着奶奶生活、上学，对宅子很有感情，这是先祖的，留下来做个纪念，可是在镇江的堂哥们希望拆迁，其他的亲戚有的在外地或海外，也顾不上。

无意间走入古街巷，进一步地对巷子里的历史文化建筑感兴趣，有了探索的欲望。这些古房子大多是清末民初的，有着一百多年的历史，是一部活生生的清末民初历史建筑群博物馆，也是一部古城历史的见证，一座古宅就是一部家族史。屋顶的封火墙、观音兜，显示出古宅外墙的特色。传统合院、里弄空间、内部回马式等形式各样的房子，充满历史的神秘感，让我们忍不住去挖掘探索，希望能被很好地保护起来。

十年前，看到很多老宅子门前上面都有雕花，现在几乎没有了。很多门上的雕砖，有人物、植物、花草，还有门前的青石抱鼓，雕工细腻，栩栩如生。可是，现在有很多都被毁坏、被盗。有一家人住在里面，夜里还有小偷到访。

到访的民国最有钱的名人于宝川的宅子，住家交付搬出的短短几天，已经几乎变成废墟了，里面院子里的青石砖已被小偷破墙偷了不少块。于宅宅院已被交付给开发商，如果重修，据说要花双倍的价钱，还不知道能否保留下来。看到现状，禁不住担忧起老宅的命运，也理解住在里面的古宅后人的心情，古宅院里多带有浓浓的腐朽的味道，令人难闻，谁都想改善生活。

走过爸爸巷里张氏宅院，敲门，一位男性老者来开门，征得他同意，进入参观。穿过堂屋进入里面，是一个回廊式的院子，四周房子都是雕花镂空式的红色格子门窗，古色古香，雕花精美，保存完好，充满韵味。在多雨的江南，历经百年还能保存下来，真是不简单，估计经过特殊处理。屋内摆着几个精致古朴的紫檀家具，吃饭的圆桌和橱柜。

住着夫妻俩，男主人是一位中医世家的后代，他的祖太爷叫张颂南。现在还有后代在市医院从事中医。夫妻俩都八十多岁了，看上去年轻，俩人面相和善，清淡甜美，幸福相伴，令我们好生羡慕。

两年前，在美国的同学周在同学群里发了一张照片，照片上是一面只有一人高的土墙，告诉我们这是有一百年历史的古建筑，被很好地保护，供游人参观。我在想，镇江城里满城的历史建筑，数一数上百年历史的有很多处。郦总跟我们说：他看到关于大西路老城区的城市改造方案，没有拆迁的规划，只是修缮维护，但我接触的几位长期研究古城历史文化的老者都说不相信。

这么好的历史资源古建筑，几年间只能眼睁睁地看着越来越少，附近现代的高大建筑越来越多地立起来，中华路、日新街等古街巷已消失，一些古建筑永远不复存在，只能留在老城人的记忆中。

邂逅古街巷

国庆节休假最后一天，下午，我约了马老师和小明月，逛了下博物馆对面的古街巷。马老师是镇江历史文化名城协会的会员，所以走在古巷里，对我们来说，如同走入迷宫，而马老师却熟门熟路。

摸着古老的墙砖，感受岁月的沉淀，我们看到了很多标记清末或民国时的房子，我拿着手机，对着门旁文物标志牌拍照的有 26 处房子。我们还只逛了一部分。以前，我站在云台山上宝塔顶远眺，看到烟雾中青黛顶的房子，如水墨画似的，就是这一片房子。

有位本土作者写的《寻常巷陌》中提到，清末民初，有很多隐姓埋名的商人，在镇江很低调，用镇江土话说：“闷声大发财”，财不外露。事隔一百年后，再看他们的房子，那真是有钱人，好多是生意人，开钱庄、绸布店、火油厂等。

几进几出的深宅大院，从外面看不出什么，走入院中，精致的雕花，上有福、禄、瓶、寿，寓意深长。有钱庄、有会所、有尼姑庵，也有李家的、孙家的、倪家的等。尽管传了很多故事，可是有的房子后来变成

了万花楼，有一条街叫春街，

走入古巷深处，一株很古老的石榴树长在街边门旁，枝干虬劲，弯曲向上，树上结满了红红的石榴，至今没有被采摘，也看出了这里的民风淳朴。

拐到一个街角，清朝县太爷的告示立在那里，内容是关于环保，告诫居民要爱护山体，养花种草，防山体滑坡。

再往里走，一面墙有很多贞节牌坊，看了让人震惊。清朝的牌坊上面是皇帝的“令”字，民国时就是“诏告”。也看出那时女性丈夫死后，为夫守节不再嫁，从一而终，守身如玉的决心，令人有些感动。表决心作为女性，但也让人有一种说不出来的味道，令人心生悲悯。

这么多贞节牌坊，听说以前还有很多石牌坊，如石林立着，多得让人惊讶。脑海中浮现出古宅大院中天井下，孤寂地坐在藤椅上发呆的老人，或院门口半个身子探出，两眼无神望向街边。

看到街边一处古水井，叫七星井，马老师说，古老的围栏已被盗。蹲在井边，眼望入井底，清冽的井水还有，旁边绿化别致淡雅，东面墙上也有一处古老的牌坊。

老房子里现住户大多不是房子的原主人的后代了，岁月变迁，曾经的主人建房时，对宅子就寄予了很多希望和祈福。大门的门厅都用很讲究的门石，有的镶有图案，横在门厅正上方，进门的两扇大门上有五只蝙蝠浮雕，寓意五福临门。两扇门合起来，中间一个圆形的大铜钱。

门旁的砌砖也能看出差别，马老师说，好的是用米浆将砖黏合在一起，无缝的。走入房中天井，向上四周望去，也到处看到主人的匠心独运，别具一格，雕花的窗棂，两楼之间的墙上雕着不同的木质镂空图纹，有的是瓶子、桃子等，还有老虎。

穿街走巷中，一旁老屋顶上“老虎窗”突兀地探出头来，遇到几位老妇人走过，或拎着烧饼等吃食走在巷中，或站在门前张望。一问年龄，都八十多岁了。

看到一老妇，站在门边，望着我们，征得她同意，我们进入她家探望。她现在八十五岁了，和小儿子一家住在这里，宅子有些西化了，进入里面，楼上是水泥的过道，楼梯却是木质的，保存完好，西式的四方棱形罗马柱体，上面镶有镜子。

她家的宅子以前是洋务剧团，爬上楼梯，仿佛看到电影中，唱戏的演员站在楼上过道吊嗓子的场景。楼下大厅铺着罗马地砖，鲜艳无比，也保存完好，走出门口时，发现最老的木门还在，门上雕着古老的花纹。

路过一家李宅宅院，院内的狗不停地叫着，引出男主人来，他允许我们进入参观，院内的楼上木质雕花原汁原味地保留，狗吠声吵着楼上的小姐姐探出头来，喊着吵死了，我们只好赶紧出来，在门口跟男主人聊了下。此宅院也不是原主人的后代了，宅子的南面是李宅宅院后人的屋宅，已空着，李宅宅院有后人已搬到别处。

在古街巷中流窜了一个下午，犹如走入迷宫，一到拐角，我就用手机拍摄张标有街巷名的照片，准备下次来，以防迷路。马老师说，这里的巷子看着多，但都四通八达，每条巷子都能走通。

我想，这古老的宅院，古老的巷子，一定走出去很多人，很多年轻人，带着祖辈的祈盼和祝福，走向远方，沿着长江走出去，然后飘洋过海，远离家乡。若干年后，当他年老，不知道他是否还记得回家的路，儿时在巷子里流窜、跑着玩耍，留下记忆的街巷和那一片老宅。

寻常巷陌写书人

戴望舒《雨巷》中：“撑着油纸伞，独自 / 彷徨在悠长、悠长 / 又寂寥的雨巷 / 我希望逢着 / 一个丁香一样的 / 结着愁怨的姑娘。”这首优美的诗句中表达了一位男子对女子的深情蜜意。

这是戴望舒看中了他同学的妹妹，有感而发写下的一首诗，很遗憾尽管诗中的主人公像丁香一样的姑娘，并没有看中戴望舒，成为他的爱人。但这首诗确实让我们深深地感动于《雨巷》中的景和人物，把我们的思绪带回到那古老的街巷，它曾是多么美好！

生活在镇江古城，我们也曾经很多次地在雨巷中撑着伞，走在古街巷凹凸不平的青石板路面上，地上印着一道道岁月的痕迹，带着烟火味。“卖酒酿了！……”“赤豆糊！”带着方言拖着长长的小贩叫卖声传过来，沿着拐弯抹角的巷子传扬着，很远、很远……

古街的历史故事很多，运河边、长江岸，生活在古街巷的人对它们自然也有着深厚的感情，那长长短短的故事，记录着他们的成长，记录着来来往往路过的小巷，它的繁华与衰落，它的岁月与逝去，也是老城人的岁月记忆。

李赞扬老师就是这样一位古街巷历史掌故写书人，每天骑着电动车行驶在大街小巷送书。他有一个同学，多年不联系，同学会上遇到，说很喜欢他的书，跟他借书看，李老师得知他是下岗工人，立马送一本书给他。

一位从前下放到内蒙古的知青，带着老公回乡，专门请他吃饭，请他陪着看看镇江的古街古巷，李老师陪着他们到西津渡、弥陀寺、磨刀巷、腰刀巷等街巷里，看蒙古人的遗迹。

曾在冷风嗖嗖的冬天里，他骑着电动车行驶半个城市的距离到丹徒新城送书给我。还参加一些公益活动，如学校的，带着城里的学生娃去寻常巷陌转转，让他们对这个城市有了不同的记忆。

遇到最为诡异的事情，就是一位住在病房的老人，看中他的书，加了他的微信，买了一本书，没有给联系方式，李老师一直在微信上跟他联系，都没有回应，后来得知他走了。没想到几个月后，那个人又有回话，跟他互相预约个地点见面，让他送书，李老师内心哆嗦地到了那里，才知道原来是老人的老伴，老人早已在订书后一天就去世了，去世前心里一直念叨着书。老伴为了还他的心愿，来拿书。

李老师出生于镇江钓鱼巷，在古巷子里长大，说：“斜阳草树，寻常巷陌，人道寄奴曾住。想当年，金戈铁马，气吞万里如虎。……”一千多年前的镇江古街巷就曾经引起北宋著名豪放派词人辛弃疾的关注，他用“寻常巷陌”四个字，给镇江的古街巷冠以绚丽和光芒。

古人称：七尺为寻，倍寻为常。何为陌，古人把田边南向的小路称陌。这位伟大的词人使用了典故。现在只要聆听“寻常巷陌”四个字，你就会想起我们镇江的古街古巷。顺着李老师的指引，他娓娓道来。

寻常巷陌发生了很多故事，都如浮云飘去，城市里的人是幸福的，若干年过去，一些出外漂泊流浪的人回到故乡，老屋已经不在，城市已陌生，还能从李老师的书中找到记忆。

春天来了，寒冷的风飘走了，春风又绿江南岸，李老师的书应该更好卖了。

寻找童年的足迹

那天中午我走在老街上，看到有男女老少四五个人，像是外地来的，在街上一家家地寻访人。

他们走到一幢老楼前一户人家门口，其中有位六十开外的妇人，跟那家女主人说，“我小时候家就住在旁边，后来我嫁到了上海，几十年了，这次回来想看看以前的老邻居，现在镇江变化真大呀，都不认识路了，以前这条街上有个老张子，你知道吗？”

女主人说：“老张子就是我父亲”，老妇人说：“我姓万，我小时候就在这条街上长大，你还认得我吗？”然后女主人就把他们请进屋里说话了。

记得以前曾在本地电视上看到一位海外归来、年龄七十开外的女作家回到镇江，也是寻访自家的老屋。她离开镇江有五十年了，没想到居然还找到了老屋。看到童年住过的老楼依然还在，尽管房子已经不属于自己了，可里面的结构还没变，木质的梯通上下楼，二楼自己曾经住过的闺房还在，让她非常激动。

她开心地笑着，像个孩子似的，楼上楼下的到处跑，这看看，那摸一摸，回忆起自己的童年曾在这幢楼里的生活场景，一幕幕记忆浮现在脑海中，犹如发生在眼前。

现在城市到处在旧城改造，拆迁了大批旧式房屋，建起现代化的高楼，人们的居住条件有了很大改善，只是很多人心里面还有些失落感，因为他们寻访不到童年的足迹了，所有的美好记忆只能留在心间。

前段时间，我到大西路去寻访历史文化建筑“于宅”老屋，听人讲，这老屋曾被人拍成视频带到加拿大参展，被一位曾在于宅宅院住过的叫“于在良”的后人看到，他旅居加拿大，已八十多岁高龄，看到老宅的视频后，顿时老泪纵横，那是他出生的老宅，是他成长的地方，有着太多的回忆和眷恋。

前年，我回新疆时，到我家以前老房子去过，这老房子有三十多年了，是个土砖混合建的房子，当时建房时，很多砖块都是我们姐弟跟着父母一起搬过的。房子和院子里没有什么变化，院里房前仍种着蔬菜，屋内的家具都在，只是院旁边的一棵柳树已长得很粗壮了，那是我们亲手栽下的。

在我心中，老屋无论多么破败，我都不嫌弃。那里面总有我留下来的东西，有成长的足迹，有失落的泪水，有一双无形的手将我与老屋牵连，也有一丝丝情愫令我牵挂着。

有位周女士从小生活在横街周家老宅里，她说小时候，跟着奶奶一起生活，每天背着书包穿过巷子去上学，后来初中才去上海跟随父母。那窄窄的小巷是她一辈子的记忆。有一年，她回到老宅，门锁已给住在里面的堂哥换了，她进不去，边哭着边围着老宅院墙转圈……

实际上，这老宅里房子产权是划在周女士父亲名下的，她父亲早在二十世纪九十年代就办了产权证。住在老宅里的亲戚总盼着老宅赶快拆迁，好拿到一笔钱，而周女士不希望拆掉老宅，她对老宅总有一份割舍不掉的情分，那便是童年的足迹。

这世间，已有很多人寻找不到童年的足迹了，她还是幸运的。

城里做早餐的人

镇江城里有很多早起做早餐生意的人，他们非常勤劳，早出晚归风雨无阻，在一些繁华地段附近的老巷子里，做早餐吃食。这些吃食有着本真的味道，令人回味。

我住在青云门时，在通往府学新村的坡路上，每天早上都见到有对老夫妻，六十岁上下，他们是卖汤圆的，清早六点多就出摊了。一个煤炭炉子，炉子上放着大锅，锅里烧着滚开的水。

他们的汤圆是有馅料的，有黑芝麻、青菜肉、豆沙等，每种汤圆包成不同的形状，一般芝麻的是圆的，豆沙的是椭圆边上有个尖，菜的就是椭圆的两头各手捏个尖儿，便于区分。

汤圆在老夫妻的手里如变魔术般，很快地包好，扔入热气腾腾的锅中，等个二十分钟，汤圆漂浮上来，就熟了。我每次都带个搪瓷盆去，盛着端回家。如今我已搬离青云门很久了，还时常想起那汤圆的味道。

在青云门还有一对老夫妻是卖蛋糕的，他们做的蛋糕，味道纯正香甜，带有旧时蛋糕的味道，是纯手工制作，不像外面店里卖的蛋糕，香料放得很多，腻味得人心慌，我儿子小时候挺爱吃这对老夫妻做的蛋糕。

因为我们常买他家的蛋糕，他家住的又靠着我们很近，楼对楼，我有时想吃蛋糕了，就跟他们预先订好，等他们做好了，我再去他们家里拿。

这对老夫妻有七八十岁了，他们有一个独生女儿，已经成家，还有个外孙女，平时都要他们老两口操心。因为他们的女婿爱喝酒，一次由于喝酒过量，酒精中毒，整个人瘫痪在家依靠女儿照顾，女儿身体又不好，所以老两口想帮帮女儿，就开始做蛋糕，拿到巷子口去卖。他们保证所用材料的新鲜，周边人都爱买他们家的蛋糕。

永安路菜市场边的巷子里，以前常常有位妇女做烂面饼子卖，这种饼只有镇江东乡人家会做，烂面饼子里包上青菜肉馅或南瓜馅，放在平锅上不停地拍打，拍成薄薄的一层，用油煎。特别是春季时可以放些荠菜，那更鲜美，味道更好，这饼子也叫春饼。

我常买她家的饼吃，所以跟她也就熟悉了，我知道她有一个女儿和儿子，她丈夫下岗了，身体不好，休息在家，全靠她在巷子里做烂面饼子维持生计。她做烂面饼子养活了一家人，把女儿和儿子都供养上了大学，我每次路过那里，都要去买她做的饼。

后来有一次看到她，她告诉我，女儿已经工作了，她要到退休的年龄段了，不再做饼，要歇歇了。再以后，我就再也没看到她在那个巷子里做饼，而是换成了别家在做，但别人做的饼我不爱吃，从此我也就不去那了。

鼓楼岗通往烈士陵园的巷子里，常有一个老头做米饼卖，是在一大锅上，中间凹陷处放有水，把发酵过的稀米面倒在锅上摊平，盖上锅盖，下面烧火，靠着水蒸气，把米饼蒸熟。做好的米饼两片连着，带着点黄色且焦糊的壳，如果中间包上半根刚炸好的油条，那味道真是美极了，硬和软的包容，带着发酵的米香，还有油条的脆香口感。

现在做这些早餐的老手艺人在城里几乎都见不到了，城市变化很快，也不知道他们去了哪儿。

身边的善心人

善良的人，简单本分，做事认真，待人真诚。在城市的角角落落，有许多善良的老实人存在，他们给城市带来温暖。

几年前，我住在大市口，家附近有一家四牌楼菜市场，买菜方便。但有一阵子，我非常讨厌去这个菜市场，情愿跑去很远的菜市场买菜，婆婆感到奇怪，问我为什么？我不去，是因为我非常讨厌买肉。家里人爱喝排骨汤，之前我多次去肉摊前买排骨时，价钱高低我都不问，却发现有的摊位不光短斤少两，而且会趁我不注意，掺杂进很多劣质肉或骨头。每当回到家倒出清洗时，才发现有那么多不新鲜的肉骨头，有的还发臭。气愤地回去找他们理论，他们凶巴巴地瞪着我，没有现证，死不承认，倒成了我冤枉他们了。我一个文弱女子怎么能跟他们讲理呢?

后来，偶然发现菜市场里有一肉摊，一男一女经营，年纪看上去起码六十多岁。本来以为他们是夫妻，后来熟悉了，知道两人是老同事，合伙经营。他们卖肉，价钱贵些，但是从来不做手脚，肉质量有保证。所以，每天他们的猪肉卖得最快，都是老客户来买，有时人多还排队。

后来一年，我就一直盯着他们的摊子买肉了。

春节后，有一次去菜市场买肉，转了几圈都没找到他俩的摊子，我失望地空手而归。回来后，跟婆婆谈论了这件事，婆婆说：现在菜市场卖肉的摊子都不做手脚了，或许是受了这两个老人的影响。从那以后，我买肉就放心了，随便去哪个摊子买。这就是诚信的回归。

还有一位电脑公司的技术人员让我难忘。他叫陈羽，与他相识是因我单位办公室要新添置一台电脑，通过政府招标采购而来，他的公司中标，电脑送货那天，是他送来的，他帮我安装好电脑，并送我一张他的名片。

电脑用了三个月就不好使了，我打电话给他公司，公司派了另一个小伙子来修。他一副很不耐烦的样子，电脑还没修好，就开口跟我要修理费，并说超过三个月要收费。我很气愤，打电话向公司经理投诉，经理也是一个腔调。后来公司派陈羽来修，我跟他说了这件事的经过，并说："你们电脑公司不能只认钱，而不考虑售后服务。很多电脑使用，出现的都是些小问题，只因为顾客买后不会使用，只要你们稍微指点一下就行了。"他听了后说："以后你有问题就找我吧。"

就这样电脑使用过去了五六年，我们也熟悉了，其间电脑更换过系统，每当出了问题，只要给他电话，马上就来帮我解决，而且还很耐心地跟我解释原因。有几次修理电脑，到了中饭时间，我要给他订份快餐，他从不答应，都是修理好就离开了。电脑很顺利地使用了几年，没出过什么大问题，让我的工作很顺利地开展。

过了些时间，单位给我换了台新电脑，电脑是从别的公司采购来的，我需要把旧电脑里的一些软件材料转移过来，打电话跟陈羽约时间，他安排在星期六，我有些疑惑。他来后，我问了才得知，他早已不在那个公司，这么多年来，他都是默默地义务为我们服务，来了很多次，他都没提这事。

现在他已转到别的公司工作。我很惊讶，以往他完全有理由可以跟我提出收取修理服务费，可他从来没跟我提过。事情虽小，我却被感动了。

这样的善心人，祈愿好运常伴他们。

人如剑兰，淡雅馨香

几年前，跟一帮户外旅友去安徽登山，当地导游带我们爬一处人烟稀少的山，这样的山也难攀爬，爬山的途中，不时有石块沿着山上一条弯沟滚落下来，吓得我们心惊胆战。小心地攀爬每一步，快到山顶的时候，沿途路边朝阳的一侧有一片松林，松林下的大石缝处看到一丛丛的野生兰花草，细长的青绿的叶子，当中开着淡黄色的花，闻到幽幽的香味。

兰花草生长的地方土质并不肥沃，甚至有些贫瘠，都是在石头缝下，太阳难以照射到，只有松树上落下的松叶厚厚的一层，陪伴它们，山上的风呼啸着，吹着兰草和花儿舞动，预示着生命的旺盛和倔强的品性。

有段时间，工作很不顺心，来自外地的我，在本城又没有朋友，每天郁郁寡欢，不愿意出门，封闭自己。偶遇一位老哥，喜欢养兰花，他为养植兰花交过不少学费，是镇江市兰花协会会员，有一群养花的兰友。在他的朋友圈里，常看到他发的兰花图片，家里阳台上摆满花盆，养的兰花草，郁郁葱葱，开着不同色的花儿。

他养的兰花草经常会参加北固山兰花展，展览的时候会告诉我，我去参观欣赏，看到他的盆栽兰花总是获奖。

老哥企业改制内退后，没有退缩，继续找工作干着。一次休息天，约我去花鸟市场，他在那里一个花棚里，给一对经营花卉的夫妻做养植兰花草顾问，送我一盆人工养好的兰花草，花盆很大，盆面很雅致，刻着一句唐·王维《山居秋暝》诗："明月松间照，清泉石上流"，盆里种的是剑兰，宽厚的叶子，剑鞘似的向上伸展。

我把它摆在办公室，时时看到绿色的叶子，心情也会放松。不需要怎么打理它，只是隔段时间浇浇冰。按照老哥教我的方式，不能过勤地浇水，每次浇水要拿个尺子插入土中，往下如果有一寸长土是干的，就开始浇水，且一次浇透。在网上买了养花的鸡粪撒进去，和着泥土搅拌混合，补充营养，然后耐心地等待着它开花，等了一年，又一年，正值寒冷的冬季，淡黄色中夹杂着紫色的花骨朵，一株一株地随着花茎冒出来，在绿叶丛中优雅地翘着，发出淡雅的馨香，飘到室外走廊都能闻到，吸引着同事进来观赏。

这盆兰花养了十年，因为这盆兰花，我的性情柔和很多，跟人交流也多起来，心境开阔。养植兰花草磨炼我的性格，明白遇事不能急躁，不能争强，凡事要等待，心慢慢地沉静下来，归于平淡。

做人也如兰花草般。尽管很普通的样子，也就是一把草，低调而内敛的样子，不与人相争，却也不低头媚俗，不管遭遇多么恶劣的环境，都能隐忍地成长，等到适当的时机开出美丽的花儿。花朵不够大，不够艳丽，却独具一格，风姿素雅，花容端庄，幽香清远。

心中驻扎的美丽风景

每个人心中都有一片美丽的风景，驻扎在心里，显得那么温暖，给人以力量。也许是我们无意中看到的，或偶尔遇到的。给别人带来暖意，别人带给我们善意，都会让我们内心充盈和丰满。

善意的行为，温暖的举动还会感染一群人，像一粒种子，就地生了根，发了芽，给别人带来生机和暖意，又像一缕清风，吹散人们心中的阴霾。

心中有暖意的人是幸福的。点滴存在于我们的生活中，比如老师一句鼓励的话可以影响孩子的一生，医生的微笑就能减轻病人一半的痛苦，智慧之人的一句点拨之语就能点亮绝望之人心中温暖的灯。

多年前，儿子的小学老师求我们帮忙，她的儿子要改名字，她跑了几趟辖区派出所找片儿警，没有人理睬她，听说我们在派出所有熟人，就来找我们。找人帮她办理了，材料交齐后，过半年，没有一点消息。后来我亲自跑去问，刚好换了人，新的负责警官平易近人，拖了半年的事，他一个星期就解决了，而且我也不认识他，这给我留下很好的印象。

有一天晚上八点多，我从外地回来，从火车站坐公交回家，车行到一个站台停靠，望向窗外，看到了这个警官站车门口，正要上车，忽然拥来一帮老老少少的人，他本来可以先上车的，由于人多，他一直站在边上谦让不动弹，让一群人先上车。等他最后一个上车，没空座了，就一路站着，其间有乘客下车让出空座，他也不坐，让给别人。我看到了，深受感动，感叹这样的好人太少。公交车上常看到的都是人心的冷漠，有些人见到老人从不让座。

一次，我们旗袍妈妈要搞一个公益活动，需要跟一群世业洲乡下的留守儿童一起表演，世业洲在长江的中心，要过大桥才能到达，我们开车前往，去乡下教这些孩子们手语表演《感恩的心》。有十多个孩子参与，全都是留守女童，排练的场所在小学校的操场上，陪同来的大人都是孩子的奶奶，孩子多是单亲家庭的，父母离异，跟随奶奶们一起生活，一年到头只有春节时才能见上父母一回。

我们在学校塑胶操场上，用心地教孩子们手语表演，并陪她们玩。孩子们很开心，不时地用身体来碰碰我们，拉着我们的手，在操场上大声地笑着，奔跑互相追逐着，张开的笑脸如一朵朵灿烂的花儿。奶奶们看到孙女们的开心样，抹着眼泪说，孩子们平时脸上很少有笑容，这么开心还是第一回见到，希望我们以后有机会多来陪陪孩子们。我们走时，有奶奶从家里带来新鲜的蔬菜硬要送给我们，表达心意。我们内心也被触动了，孩子们的笑容深深地烙在我们的心里，那是世上最美的笑容。

中医的神奇

二十多年前，在博乐上课，住在一幢楼里，那幢楼每天早上一楼外出的大门定时开。有一天早上，时间到了，师傅还没有来开门，我们急了，一帮同学只好从一楼室内窗户往外跳，结果我跳的时候，把脚崴了，走路都一瘸一拐。

当时年轻，以为过几天就好了，令我没有想到的是，就这样腿瘸着走路维持一个月，而且脚踝越来越疼。有位同学的姐姐在城里跟着一位老中医学习，她就带我去给老中医看看，老中医看了，让我趴在诊疗床上，在小腿肚上针灸了两针，是竖着扎的，上面冒烟，腿上还擦着药水，用个玻璃罐倒扣着。

扎完针后，老中医说：不要动，过二十分钟就好了。我趴着等时间，很快过去了，老中医拔了针，爽快地说：好了，起来走走吧。我有点不相信地站起来，试着走了一步，感觉不疼了，又走几步，确实恢复正常。老中医没收我的钱，这是第一次感受了中医诊疗技术的神奇。

那年学开车，受了寒气，车技没学好，就因腰部疼痛趴在床上起不了身，当时感觉浑身都不舒服，头痛欲裂，让我第一次感觉到了人瘫在床上不能动弹的恐惧感和无助感。

当时有一位在部队干休所的老乡，介绍我认识了干休所保健医生王所长，他是二军大毕业的，曾经跟着导师学习针灸技术，导师是一位很有名气的军医。

王所长帮我针灸了四次，就彻底治好了我的腰疼病。针灸过后，我全身冒汗，出过大汗后，就感觉浑身神清气爽，头脑清醒，所有的不适症状都没有了。这是我第二次领受了中医的魅力。

王所长针灸是平扎，只在手臂和小腿处扎针。分文不收我的钱，他说：只是做些善事，帮帮朋友的忙。后来，我陆续介绍家人、朋友等去他那里针灸过，都取得明显效果，且不收一分钱。听说，有不少人找王所长针灸，还有一些位高权重的人。

有一位淮安来的老乡，患腰椎间盘突出症，腰疼去过很多地方治疗都不见效，来到镇江找到王所长针灸，住在宾馆里两个月，每天王所长给她针灸推拿，后来疼痛缓解。

那年，我弟媳春节前一个星期买了辆新车，准备过年回安徽老家，只有弟媳会开车，不巧的是，她下楼时，不小心踩空，把脚崴了，脚背上肿起一个包，她急得跟我说，怎么办啊。我带她到王所长那里，他用一个医用冰块放在弟媳脚背肿起的包上进行冰敷，说 24 小时内这样，过了 24 小时热毛巾热敷。然后针灸了两天，一星期后，弟媳的脚就正常了，高高兴兴地开车回家过年。这是我第三次见证中医的神奇。

第五辑　在那遥远的地方

通往幸福的过道

童年记忆中，我住在师医院里。师医院是个凹字形二层楼，一楼有一条长长的、南北走向的过道，东西走向过道很短，是个出入口。

小小的我站在过道的中心东入口玩耍，望向两边，看着来来往往的穿着白大褂的医务人员在忙碌，不时地推着车，车上躺着病人，有的推向南边，有的推向北边。北边是外科手术室，我在几年的时间里，频繁地被安排进入那里。

小时候的我，让父母很不省心，两岁的时候，母亲去看望一个生孩子的老乡，把我一人留在家里，父亲出门上班去了，家里锅炉烧着火，锅里煮着饭。我饿了，就自己走向锅炉边，结果炉火烧着我的棉衣，幸亏父亲回来早，救了我。

当时火把我的胳膊肘烧伤了，为此留下了永久的伤疤，我在师医院里住了一年多。

三岁时，我在家附近路边玩耍，一个大孩子路过，他将一根树枝深深地插入我的腋窝，为此我又到师医院里住了两年，不断地做清创手术，直到五岁多痊愈出院。

成年后，远离伤害是我的目标，小心地收藏起深埋的自卑，不渴望爱人，只希望被人爱就行了。感情止步于伤害前，面对世俗的眼光、惨淡的现实、失落的青春，转身收起美好的心愿，清醒地面对过往的岁月。

哪有什么美好的爱情？只是骗骗单纯的多情人儿。当生存与自尊的伤痕，血淋淋地摆在面前，你还会去追求那虚无缥缈的爱情吗？

多美丽的情诗也磨平不了那颗受伤的心，唯有一颗坚强的心，才能面对身外的一切，没有谁是救世主，无法帮你承担苦与痛，无法帮你扫清落在身上的残迹和尖刺。

职场上的利剑会刺着你，嫉妒像毒蛇的毒液时常缠绕着你，无法绽放的青春和火热，不完美的世界存在，沉默地并坚忍地适应着。

试着寻找通往幸福的过道，那里鲜花满园，芬芳四溢，那里空气清新，繁星闪烁。那是我们精神的家园。只是通往那里的路，不太好找，我们要勇敢起来，总有一条捷径会让我们找到。

央视主持人董卿曾经在一篇文章中说到父亲对她成长期的教育。初高中青春期时，正是女孩子爱美的年龄段，他的父亲不允许她穿上漂亮的衣裙上学校，只是身着朴素简单的装扮，理着短发，让她专心地把精力用于学习上面。

豆蔻年华的董卿不理解父亲，当她成年后，衣着光鲜地站在华丽的舞台上，尽情地绽放她的美丽和才情时，她明白了父亲的良苦用心。

家里有一盆君子兰，春天，君子兰开着火红的、绚烂的花朵，花期能保持一个月。然而，花开过后，花朵凋零，两旁宽大的绿叶会枯萎，那样子很丑陋。

待到再开花时，有时要等待很长时间，也许一两年，主人要不断地给它施肥、浇水，叶子的中心冒出新的绿叶，然后，它才会相继抽苞绽放，重新开出美丽的花朵。

人的生命也是一样，不能经历过早地绽放，要不断地修行，丰富自己的内涵，有了足够保护和提升自己的能力，让自己变得强大，总有一天，会有精彩绽放的时刻到来。

阿依努尔

中秋佳节要到了，闲起来时，在这遥远的江南，夜晚，看到天上挂着银盘似的月亮，望着这如水的月光，柔和地斜照在阳台上，照着阳台上的花花草草，月光透过窗口悄悄地钻入了心里，我温暖地想起一位名字叫“阿依努尔”的维吾尔族朋友。

阿依努尔，维吾尔族语是“月光”的意思，我们是在大学校园里认识的，虽然俩人有着民族的差异，存在不同的信仰和生活习惯，但我们在一起却是很默契，对人生、爱情、事业有着很多共同的看法，特别是对女性之间的喜好有很多的共识，常常跟她在一起聊天时，会产生错觉地把她当成了汉族女孩。

她是个性格温柔的女孩，聪明、漂亮、随和。跟她接触多了，我逐步地了解了她们民族的信仰，了解她们的生活，还有她们动感十足的音乐舞蹈。她们信仰的是伊斯兰教，在夏天的时候她们过古尔邦节，很热闹，隆重，就跟我们汉族人过的春节似的，她请我去她们的宿舍去玩，桌上摆满了各式从家捎来的好吃的点心、葡萄干、杏干等，姑娘们边歌边舞，庆祝节日。

姑娘们都很爱漂亮，天生都是会舞蹈的料子，跳起舞来，舞步随时动起来，抖动肩、扭转脖子，花样繁多，我想跟着她们学，总是学不会。

维吾尔族女孩个个心灵手巧，从小就跟着母亲学会女红，进入她们的宿舍，窗帘、床上的被单、帘子等都是她们自己动手做的，上面手工绣着好看的花纹，像是艺术品。阿依努尔有一件母亲亲手给她做的领口绣着美丽图案的白衬衫，她很珍惜，难得穿上一回。

跟我逗笑说，她们都喜欢汉族小伙子，因为汉族小伙子不馋酒，委托我给介绍汉族小伙当男朋友。她们在上大学的时候，父母就关心起女儿交男朋友，担心她们嫁不出去，阿依努尔的男朋友是八钢的工人。工作很优秀，他们的父母是八一钢铁厂的同事，阿依努尔看中他人品好，打破学历的差异，愿意跟他交朋友。

宿舍女孩们在一起，每个人讲话都很爱笑，天生具有幽默感，很大方，让跳舞就随意地扭动起腰肢来。一位南疆的维吾尔族女孩子跟我说：她家里，要求女孩子春夏秋冬都要穿裙子，穿上长裤，放假回家还会被长辈说，很羡慕我们汉族女孩子，可以随心所欲地穿衣服，想穿什么就穿上什么。

随着时代的开放，如今的维吾尔族女孩子，跟我们汉族女孩已没有区别，穿衣都很随便了。

阿依努尔的一个表妹，长得很漂亮，不学好，跟社会上的朋友玩，要去酒吧工作，她的姨妈很着急，怕女儿走上弯路，把女儿看得很紧，让阿依努尔帮助辅导她学习。阿依努尔跟我说，她父母教导她，一个孩子，就像手中抓着的空气，拳头握得越紧就什么也抓不到，要适当给些空气放在手中才好。我很吃惊，这跟我们汉族人讲的教育孩子要像手中握着的沙子是一样的道理。

不管汉族人还是维吾尔族人，只要同在这个世界，都会有共同的东西，毕竟我们都是中国人，应该少一些偏见，多一些宽容，让世间变得更美好、更融合。毕业离别前的那天晚上，我跟阿依努尔坐在校园花架下的木椅上，聊了很多，后来我们再没有见过面。阿依努尔，还记得我这个汉族朋友吗？

苹果树下的梦想

六年级那个暑假，马上要升初中了，连队里有几位阿姨要去博乐城里，母亲让她们带上我，那是我自长大懂事后第一次去城里，小时候曾去过早已没有印象了。

那时候通往城里的公共汽车非常难乘上，因为坐的人多，挤不上。我们是搭一个去城里拉货的大车去的，那时路不好，是土路，不像现在都是柏油路。坐在大车的后车厢上，一路很颠簸，我们双手紧紧地抓住汽车边上的扶手，不然能被颠簸出车外去。

路虽很颠簸，也挡不住我要出门见见世面的开心，城里的一切都让我好奇，干净的水泥街道，高大的楼房，街上穿着漂亮花裙子的小女孩，秀气白皙的皮肤，在街上走着，跟我们一帮玩的小孩子不一样，我们天天在外面心玩野了，小伙伴们晒得黑黑的。那天阿姨们带我上饭店吃的中饭，记得吃的凉皮，那是我第一次吃，味道已记不得了，第一次出门，心里总感觉有些惶恐。

吃过中饭后，我们来到一个苹果园，苹果园的周围用围墙拦着，是一个维吾尔族人负责的，园里有几个员工。好大一个园子，走入园中，鼻腔里充满了苹果的香气。里面的苹果树上结满了苹果，在一张大大的伞状的苹果树下，一些人在乘凉，地上有一摊，堆满了熟透的、有些烂的苹果，都是果园里树上掉下来的。园里树上的苹果，随意我们采摘果子吃，吃好了再买。

我们去摘苹果时，树上不时会掉下果子，就如离开母亲的孩子，一个个长大了，要急于跳下树来。如同童话中的场景，多少年后一直会出现在我的梦中，梦中我穿梭在果园里，从一棵树走到另一棵树，树上结满果子，有青苹果，有红苹果，我高兴地摘苹果，盯着树上的苹果一只一只地挑选。

那时我心中拥有很多梦想，未来想当作家、老师、医生……。那些梦想需要我去努力地实现。就像苹果，要一点一滴地积累能量，等果子变青变红，不用被人采摘，自己成熟掉落。

三个女孩的青春梦想

三十年前，在新疆，记得高考最后一天，紧张的考试结束了，我们都松了口气，不管考得好与不好，都随它了。在我住的师招待所里，来了很多男女同学，大多是学习不错的，他们聚在我住的房间里，在一起畅谈未来，谈自己的理想心愿。

有三个女孩子，当中一个是我，谈自己将来最想去的地方。有一个女孩说最想去大城市生活，一个说最想到深山老林无人处搭建个小木屋生活，第三个是我，说最想去的地方就是大海边，感受一下天地之广阔。那时心中的想法都是美好而单纯的。

多年过去，三个女孩再也没有见面，未来的命运各不相同。那个说到大城市生活的女孩大学毕业后就嫁给了同班同学，跟着男友跑到东北油田，听说后来下岗在家带孩子，靠着老公养着，曾经那个在学校里非常要强，学习也很出色的女孩面对现实生活，选择了妥协。

那个说到深山老林隐居的女孩后来考上了伊宁师范学院，跟我们班学习最好的一个男同学从高中时就谈起了恋爱，恋爱是很美的，赢得同学们的羡慕，却遭到男同学母亲的强烈反对，美好的恋情不幸夭折，男同学大学毕业后留在南京工作。她毕业到攀枝花从事教育工作，嫁了人，老公在税务部门工作，后来夫妻双双辞职，一起到上海打拼，现在已立足，在上海有房、有事业，女儿留学国外。

我呢，历经三年复读，大学毕业后，来到江苏，嫁了老公，一个人身在异乡，什么事都要自己扛着，这时才明白生活的真正含义。

曾经因为高考的失落而郁闷，感叹命运无常，生活的不公，后来发现更大的磨难在后头，身在他乡，遇到任何事都要独自承担，无人帮你，才发现原来高考的失败反而锻炼自己，让自己挫败的心里早有深切地体验，当自己再遇到困难时，有了更强的毅力挺过去。

常会反思自己，总结失败的教训，不断学习着新知识，本着活到老学到老、不通则变的心理，鼓励自己：一个人最难的就是战胜自己，只有不断地挑战自我，才能有收获。社会要学的知识更多，有选择地学习，才能适应社会。

去大海边的愿望多次实现，海南三亚、大连、青岛等都去过，孩子十岁的时候，和南京的同学各带着儿子到青岛、日照海边玩，七月的江南是最炎热的，我们在海边却很凉爽，很舒服。儿子第一次看到大海，海浪冲过来时，他直往岸边跑，嘴里喊着“海啸来了……”逗得我们直笑。

同学的儿子话不多，很恋母，见到大海时，他却敢放大胆子向大海深处游去，不怕海浪的剧烈冲撞，把我们吓一跳，不时地喊他回头往岸上游。两个孩子在海边很疯地玩着，拍打着水，我们边看着他们，边跟他们在一起玩，非常开心，没有什么比这一刻更幸福了，心有多大，天就有多大，到了海边就会明白。

那些候鸟般飞走的同学

童年生活在西北边陲的一个团场，我的同学父母都是来自各个省份的，全国各省都有，北京、天津、上海、江苏、湖南、四川等。有一段时间，身边总有要好的同学，跟随父母迁回老家。

连队里的孩子们都会唱《雁南归》《小燕子》等歌曲，北方四季分明，对于季节的交替，随着气候变化及植物的生长，我们有着很分明的感受。

每到 11 月秋冬交替，落叶飘零，万木枯藤，寂静的天空中常会听到叫声“啊！啊……”，抬头望见天空中排成“人”字形队伍的大雁群飞过，往南飞，年年都很准时，预示着冬天就要来到了。

漫长的冬天，冰雪覆盖，一切都等着春天的复苏。当春天来临的时候，燕子归来，冰雪消融，在冰雪覆盖下熬了一个冬天的冬麦苗旺盛地生长出来。野外的地上会长出各种野菜来，有一种叫苦苦菜的，具有清火的功效。

春节里，我们小伙伴，瓜子、花生吃多了口腔牙龈容易上火，同学小准就会告诉我，用苦苦菜煮水喝，就能去火，她的父母常会煮水，给生口疮的她姐弟俩喝。还有一种叫蟾蜍草，每当春季患流感时，也会采这种草煮汤喝。

跟同学小准从小玩到大，我们的家住在连队里一排平房，每天上学、放学混在一起。谁家里有什么事，我们都知道，她的父母多才多艺，父亲会拉二胡，母亲能说会唱，都是有些文化的人。她母亲在连队里是妇女主任。在那个精神娱乐比较匮乏的年代，她的父母在连队里算是能人了。

她家的日子过得有滋有味，常看到她父母空闲在家里，一个坐凳上拉二胡，一个站着唱歌，一排房子的人都能听到。过节的时候，她父亲会很用心地烧制一桌考究的菜，一家人围坐在一起吃。

有一年冬天，她们家搬走了，父母调回湖南工作了，我们一起玩的小伙伴都非常不舍得她们，要走的那个早上，她挨个一家家地跟我们道别，我们一排房子各家大人、小孩都出门来，跟她们话别，望着军绿色的解放牌汽车拉着她家的家当和人一起驶离远去。

开春后，她给我们来了一封信，介绍她在湖南新环境的学习和生活，信中提到我们每一个小伙伴。再后来，就没有音信了。

过了两年，就听到她家的湖南老乡说：她家出事了。原来她们家回乡后，她父亲有一个弟弟，也就是她叔叔，叔叔跟他父亲说：以前都是我照顾年老的父亲，你们远在北方顾不上，现在你们回来了，应该轮到你们照顾了。

接下来，就发生了意想不到的事情，在大家眼里，她那一向老实的父亲居然与兄弟吵起来，结果失手砍死了兄弟，并为此坐了牢。她母亲也跟父亲离了婚，搞得家破人亡。从那以后，我们跟小准就彻底失去联系了，没有人知道她们家的情况。

还有一个小伙伴小名叫肥肥，小时候的肥肥长得又白又胖，非常可爱，讨人喜欢。她的爷爷奶奶住在我们连队里，爷爷是上海人，奶奶是苏州人，奶奶常会带着肥肥到我家里来玩，我跟肥肥就在一起玩了。肥肥的父亲是团部的医生，母亲是护士。她的母亲身材很好，穿着很时尚，那时上海流行什么服装，她的母亲就跟着穿什么。

后来要上小学了，肥肥回到上海去上学了，再后来，肥肥的爷爷奶奶回上海，直到上初中时，肥肥回来了，那时我们见面已经不认识了，她长得变样了，长高了、瘦了，已不认识我，但我知道她，一直记着她。

北方的田野里，夏天开满了蒲公英，一个个白色的小灯笼，迎风飘着，我们常会跑来跑去，采摘蒲公英，放在嘴边吹着，那被吹散开的毛茸茸的种子就飘呀飘地飞向远方。有伙伴说，它能飘散向世界各地，并且在别的地方生根发芽，长出新的蒲公英。

多年后，我们同学就散居在各地，相隔遥远，见一面都难，有些同学常会飞回来看望父母。

我与美玉擦肩而过的缘

2003 年夏天，我回到新疆探亲，在乌鲁木齐市二大爷家的院子里，我看到一块白玉，它比一个抱枕还大些，油润洁白，像剥了皮的熟蛋白，色泽均匀，没有杂色。就放在院子里一棵果树下的鸡舍旁，树下是几只鸡走动啄食的地方。

我问二大爷这块玉哪里来的，二大爷说："你大哥跟一老板做生意，那老板欠了他不少钱不还，找人打听到他从和田拉了一车玉回内地，路过乌鲁木齐市，在路上被你大哥截了下来，带回来，大块的玉都被处理卖了，旁边仓库里还有些小块的，给朋友拿走了一些，这块玉石就放在这院子里"。

那块白玉表面是明显开凿过的痕迹，我弯下腰用手抱动白玉，想把它带回江苏，可很沉，根本抱不动，更别提能带上走了。因为随身还带有其他特产，都是较重的东西，火车路过哈密站时，哈密同学还要进站送我几箱时鲜马奶子葡萄和哈密瓜，只好放弃白玉了。

我无奈地回到江苏，跟家人谈起了这块玉，家人说："你怎么不携带回来，无论如何都应该想办法带回来的。”那时我不识货，也不懂玉质好坏。

一晃十多年过后，我接触了新疆和田玉，也懂得了玉的好与差，才想起曾经见过的那块白玉，是块上乘的好料。后来，二大爷来，我问他：那块白玉是否还在？他说：大哥在处理玉的过程中，认识了做玉石生意的人，他也开起玉器店来，想起老屋院子里那块玉石，就去找，挖地三尺，也没有找到。他截获的那一车白玉当初以很便宜的价格处理给别人，如果全部保留到现在，升值有上千万元了，这上千万元的财产与我们无缘了。我一直惦念着的那块白玉也不知哪一天被什么人拿走了。

如今，接触玉石多了，越发地喜爱玉，喜欢玉的温润不张扬。院子里那块白玉如果能留到现在，可打二十几个羊脂玉镯子，这样的上乘好料很稀少，一只玉镯子要一二十万元，我也买不起了。

大哥一直在做玉器生意，后来他把店开到了北京，也收集了一些具有珍藏级别的羊脂玉原石，摆在店里。现在新疆玉的资源越来越少了，和田产玉的矿区早已停止开采，玉龙喀什河也早已被限制开采。

玉，摸得久了，把玩后，总感觉是带有点灵性的，让喜欢的人爱不释手，让懂得欣赏玉的人如古董似的护着，可能是人的温度渗入进去，那光滑温润感恰到好处地贴合着人的肌肤，轻盈地触摸感，让人舒心。“人养玉一时，玉养人一生”也就是这种感觉吧，万物皆是有灵性的，人和世间万物的相通也是这样，通过人与石相融相通。

我国有很丰富的玉文化历史，我们的古人很早就懂得用玉石做成各种形状的物品，有圆形的，有长方形的，圆形的玉就有璧、瑗、环、玦等，古时有严格的使用场合和用途，或用于身上佩戴，或用于祭祀。“宁为玉碎，不为瓦全”，“白璧无瑕”等和玉有关的历史文化故事流传至今。

世间的好东西很多，我们不可能全部都能拥有，人也一样，人与人，人与物，靠得都是缘维系着，我们要懂得珍惜。而我与那块美玉也只是擦肩而过的缘分，没有什么好遗憾的。

绿橄榄色的梦

在新疆兵团，连队里有很多人曾是军人，他们自律，能吃苦，勤劳。因此，对军人的印象非常好。少女时代，曾做过绿橄榄色的梦，一位女同学成年后找对象就要找军人，直到35岁都没能将自己嫁出去，与军人无缘。兵团就跟部队似的，每个团场设十个连队，连队的职工很多都是扛过枪，上过朝鲜战场的，为国家出过力，吃过苦，命运却将他们留在最西北的边陲，继续发扬他们不怕吃苦、敢于拼搏、勇于开创的精神，自力更生地在一片荒凉的、贫瘠的土地上开垦出一片片的绿洲。

听父母说，我出生在地窝子里，就是在地下挖掘个四四方方的坑，然后用木头做梁，芦苇席覆盖在木头做的梁上，上面抹上稀泥，顶上只留一个进出口，相当于地窖。有的半边在地上，半边在地下，有一个出外的小门。之所以对它记忆深，是因为我家曾有这样的地窖，冬天用来储存大白菜、土豆、萝卜等蔬菜，整个冬季，我们就吃这些菜。奇怪，如今，我还是爱吃这些菜，居然没有吃厌烦。

小时候，物质极度匮乏，江苏的外公外婆年年都要给我们寄猪油、花生、布料等，花生一直寄到我二十岁，不让他们寄了，邮寄费比东西贵了才停止。外婆的包裹曾经是我们新年最好的礼物，过年的时候成为我们最热切的期盼，带给我们无穷的欢乐和温暖。外婆寄过来一块红色的布料，母亲找裁缝给我做了一件冬衣外套，那件衣服我穿了好多年，直到显小才不穿。

因为连队里的转业军人多，我们从小有听不完的革命故事，身边的活教材也多，那些叔叔们常跟我们这些小孩讲战争中的故事，还讲战争中遇到鬼的故事，吓得我们晚上不敢回家。他们大多都很乐观、知足，不抱怨命运的不公。发小的老爸参加过朝鲜战争，受过伤，老家四川，复员后到新疆，生活很不习惯，他脾气暴躁，常跟家人发火，犯有心脏病，不到六十岁就突发心梗走了，走之前两天，他在连队里跑遍熟人家，跟人说：对不起发小的母亲，跟着他没有享过福，只有吃苦，还远离亲人。当时同学在外地上大学，没能见到父亲最后一眼，终身遗憾。

那个时代，军人以服从命令为天职。小时候经常看到连队的职工进行军事训练，有段时间，他们天天训练，父亲他们男性职工夜晚还要扛着枪到处巡逻站岗，家家都准备干粮，有的还挖地道，紧张一阵，后来平安无事了。

他们在西北边陲，戈壁滩上开垦荒地，机械化种植粮食，自给自足。父母他们那代人吃了不少苦，母亲曾跟男职工一起寒冬里挖大渠，支援水利建设。她也垒过土块，用于盖房子，都是重体力的活，建设出一片美丽家园，保卫了祖国边疆，他们的吃苦精神影响我们，受益终身。

童年生活不是多么丰富多彩，可以说很单调，但还是有些事让我记忆很深。那时连队礼堂常组织文艺演出，演员穿着一件蓝色的碎花棉布外衣，戴着眼镜，坐在那里讲着话，一会儿哭，一会儿笑着，我们觉得很好玩。小朋友常在一起模仿表演着玩，有一个比我大叫婷婷的女孩，在学校里是文艺活动积极分子，平时没事就带着我们这帮小孩，教我们表演节目。我们站成一排，每人手里拿着语录本，嘴里模仿喊着台词，行着统一的动作，边走边跳。还模仿表演过白毛女，谁都抢着做喜儿，举着红头绳，唱着《白毛女》之歌。

有段时间，大人们晚上下班时，看到他们排着整齐的队伍走回来，每人手里举着彩色的小旗子，边走边喊口号，我们这些娃娃们看到了，吃过晚饭后，几十个大大小小的孩子就聚在一起，拿着各色从大人手里接过来的小旗子，模仿着大人排成队伍，在夜色中，绕着连队边走边喊着口号，我们小孩子纯粹只是觉得好玩，这些事给我们的童年带来不少乐趣。唯一遗憾的，就是那位教我们跳舞的婷婷姐，后来得了白血病走了，这给我们的童年带来一丝恐惧感。

婷婷姐姐

童年，兵团连队里我们一帮小孩子，没有大人的看管，就整日地在荒野的戈壁滩上玩耍，下河滩去捉鱼，那时荒滩上还常会有狼出没，大人们很不放心。

她叫婷婷，比我大三岁，是我们的娃娃头，我们一群孩子都喜欢跟着她玩。

她像一个负责的小领导，把我们这帮无人管的野孩子指挥得顺从，并乖乖地听她的话。她教我们跳舞、快板、表演《白毛女》节目等，童年很多的快乐是她带给我们的。在学校里她是个活跃人物，人聪明，学习好，是班长，每次学校礼堂搞活动时，要表演节目，她必定是舞台上的台柱子，她会跳舞。

我有一条花裙子，乌鲁木齐的二伯买了送给我的，紫罗兰花色，我非常珍爱，舍不得穿。一次，学校六一节搞活动，她跟我借了那条裙子要上台表演，那天她舞蹈跳得很美，穿上那条花裙子像一个小精灵在舞台上旋转不停，获得了全校师生的好评，掌声不断，我们在台下羡慕不已。

她一直跟着外公外婆在一起生活，外公很疼她，对她百依百顺，要什么给什么，就是在她后来生病的时候，寒冬里，她想吃雪糕，跟外公要，别人都反对，外公还是想方设法给她买了来。

她没有母亲，有一个妹妹。母亲在生下妹妹的时候，产后大出血，临走时跟家里人说："婷婷以后要有个什么闪失，把她埋在我旁边，跟我作个伴！"

母亲走后，她跟着外公外婆生活，父亲后来又成了家，她有三个小姨，很疼爱她。

她白皙的皮肤，大大的眼睛，嘴巴很甜，见到连队里的叔叔阿姨，都会礼貌地喊一声。所以，她不光在家里被人喜爱，而且在学校里的老师，甚至整个连队里的大人们，都非常喜欢她。

冥冥中不知道是否巧合，还是她母亲早有预感，十岁的时候，上三年级，有一次在舞台上表演，她晕过去了。那时候她的胳膊上时不时的会出现瘀点，还常流鼻血，后来到医院检查，她得了白血病，那时候七十年代，在西北边陲，偏远的地方，医疗条件受限，这种病根本就是绝症。

生病后，她很少带我们玩了，外公带着她到师医院，还跑到省城乌鲁木齐市大医院去看病，都没有法子，治疗了两年，她就走了。

那一年，她五年级，如花的芬芳年龄，走了，陪她的母亲去了。连队里的大人们都这样说。我有些恐惧，有些伤心，觉得老天似乎也忌妒她，很不公平。

那是我第一次意识到生命的无常，很熟悉的婷婷姐姐再也见不到了，从此以后，没有人再带领我们表演节目和玩耍了。

有个小伙伴走过来吓唬我，说："你那条裙子被她穿过了，不能穿了！"我回家把花裙子收起来，后来我再也没有穿过它。

海西的神话

2003 年 7 月相隔多年我回到新疆的家，我出生成长的地方，同学文娟找了个车带我去海西游玩，当地称海西，就是赛里木湖，是高山湖，大西洋的暖流裹住云雨随着西风飘到这里，降下大量雨水，形成湖泊。

清澈碧蓝的湖面，水天一色，湖的周围是连绵的山和广阔的草原，草原上有成群的牛羊和马，还有点点白色的帐篷点缀着，这美妙自然的风景吸引着我们，天然去雕饰，它纯净的蓝像块宝石似的，镶嵌在这里。

去过不少地方，经过人工雕琢的景色，虽精致，秀美，却少了一些独特的气魄。赛里木湖就像一位美丽的草原少女，带着面纱，安静而神秘，透着一股灵气。

有个美丽的传说故事，很久以前，这里没有湖泊，而是一片鲜花盛开的茂密的草原。

草原上有一位名叫切旦的美丽的牧羊女，在放羊，遇到英俊的牧马青年斯得克，他们相恋了，组合在一起。

一日，一位打猎的魔王闯入此地，见这里风景优美，看中了这片草原，且看上了美丽善良的切旦，想霸占这里的一切，年轻的恋人骑马往深山里逃，魔王和其手下紧紧地追，放箭将斯得克射死。

切旦下马抱住斯得克伤心痛哭起来，魔王和他的手下围过来，愤怒的切旦起身奋力地掀起地上的一块大石头，砸向魔王与其手下，她被抓住拖在了马背上，大声呼喊，喊声惊天动地，突然，她掀起石头的那块地方，喷出一股冲天的水柱，那水柱很快汇聚成流，变成汪洋大湖，将魔王和他的手下们迅速淹没。

这对痴情的恋人葬在湖底，最后因湖水聚在了一起，千年不分离。

来到这美丽的草原湖畔，回味着美丽的传说故事，远处的大山在静默，呼吸着新鲜的空气，和同学文娟、她五岁的女儿，还有牧场主八岁的儿子，一起在湖边嬉水、摸石头，这里的石头很光滑，有的晶莹剔透，同学文娟说：这个湖常听人说里面会有水怪出现，从来没有捕捉到，但是有人见过，还有人在湖中神秘失踪。听起来令人心里有些害怕，就不时地向湖心望去，同时又渴望有艘快艇带我到湖心去看看水怪，那该是多么惊奇刺激的体验。

草原上的天说变就变，一会儿是艳阳天，过一会儿就是大雨倾盆，这时候就很寒冷，我在身上套了很多件衣服都不够暖和，同学文娟的姐夫身高一米八的个头，典型的北方人，豪爽大气，将他的迷彩外衣脱下来给我穿，我也顾不上形象了，立马穿上身，这时只要温度。

玩累了，好客的牧场主女主人，蒙古族人，端来香喷喷、热乎乎的奶茶，桌上放着奶酪、酥油和馕饼，我们拿起馕饼蘸着奶酪、酥油吃起来，喝杯热奶茶，寒意顿时消了。

白色的蒙古包里，好客的女主人跟她的朋友边跳起舞，边唱歌，举起一杯杯的酒敬给来客喝，牧场主坐在平房的厅里，他的夫人在蒙古包里陪客人喝酒，都是她请来的朋友，我们沾光跟着来，牧场主告诉我们，蒙古族习俗：家里来了客人，总要想尽办法敬酒给来客，不问男女，喝得越多越好，直到灌醉。我们吓得赶紧找个理由跑出帐篷，女主人总是不时地过来劝我们进去吃些东西，我们也不敢了，让他们男的去喝吧。

后来我们进去，吃了手抓羊肉面，就是整只羊放入锅中烧，然后跟手擀面一起煮，面煮的很烂，端上来一大盘，没有筷子，蒙古包里坐着的人都用手撕扯着肉并抓着吃，女主人给我们拿来了碗和筷，我只挑了些面吃，面口感很烂。

旁边一位长相粗壮的蒙古族男人用手撕了一大块羊肉放入我的碗中，我硬着头皮吃下去，他说：这是草原上吃草的羊，肉嫩、味不膻，好吃，看我吃下去那块肉，他竖起大拇指对我说：你好样的，旁边房子里正在休息的有一群从江苏连云港来的客人，他们不吃这饭，说这饭味臭，不好吃。我应了一声，心想我也觉得不好吃，只是盛情难却，因为平时很少吃羊肉，吃不习惯。不过他们豪爽、好客的行为还是感动了我。

库尔勒·江苏老乡请客

2016年回新疆，同行的有南京同学一家，还有泰州的新疆老乡老郭，时值盛夏七月，正是新疆旅游旺季，直达库尔勒的机票非常难买，我们改从南京坐飞机到郑州，然后从郑州转机到库尔勒。

老郭家在库尔勒，他盛情邀请我们去，说库尔勒有很多景点，罗布泊、巴音布鲁克草原，巩乃斯，神秘的楼兰古城，还有美丽的博斯腾湖。

飞机降落在库尔勒，一走下飞机有个小插曲，拿到行李，老郭的包被人打开过，拿走里面两罐茶叶和几包苏烟。因为他的包没有上锁，所以不知道什么时候在哪里被人动过了。他及时报了警。

库尔勒在南疆，机场不大，我是首次来，同学一家则是第一次踏上新疆大地，他们一下飞机就感受到新疆的异域风情，和江南内地不同，看到的多是少数民族面孔的人。机场出口安检很严，走出机场，出口处两侧站着几位持枪的特警，表情严肃，门口停有一辆特警车。

老郭的朋友听说我们来，还没出站，就早早地打电话问我们到了没，他是南京老乡，曾在南京工作几年，现在库尔勒从事冷库生意，娶了库尔勒的媳妇，安家库尔勒，媳妇也是江苏泰州人，她父母是兵团退休职工，女儿在南京财经大学毕业后，夫妻俩想让女儿留在南京，然而她不习惯内地生活，又回到库尔勒。

在新疆生活了二十多年，他念念不忘的还是江苏的茶叶，还有镇江的恒顺香醋。我们带了一些送给他们。

见到我们，他很激动，在江苏分江南、江北，可到了新疆，江苏人都是老乡，相见显得分外的亲切，交流也有很多共同的语言。

他安排我们在一有民族特色的饭店吃饭，一进入大厅，店内布置得很特别，两株粗大的装饰树占据整个饭厅中央，树上是火红的枫叶，布满屋顶，下面是吃饭的餐桌椅。餐厅里的服务员都是少数民族，身着民族服饰，我们好奇地四周张望着。

边上是包厢，装修很古朴，包厢里一桌极具新疆特色的菜早已点好，等着我们，多以烤羊肉为主，当大串的羊肉上桌，还有伊力特曲，让我们见识了新疆人的大方和热情，贴心的皮辣红上桌，新疆人都知道，皮辣红是羊肉的最佳搭档，吃多了羊肉，吃点皮辣红有助消化。第一餐就让我们感受了新疆独特的美食，同学的儿子很高兴，他非常喜欢吃烤羊肉。席间我们还与饭店的哈萨克族服务员合了影。

晚上，这位江苏老乡又热情地邀请我们到另一家蒙古族饭店吃饭，席间安排了蒙古族女孩跳顶碗舞，舞毕，蒙古族女孩围桌轮流给每人敬酒，轮到我和女同学杨倩时，由于我俩不懂风俗，照着她的样子，用手点一下杯中酒，然后分别在额头和鼻子上轻弹一下，表示敬天、敬地，不会喝酒的我们太实在，端着酒杯一口全干了，喝完那杯酒，感觉酒性扑鼻，火辣辣地烧心，很烈。接下来，没想到蒙古女孩又继续敬酒，盛情难却，两杯酒下肚，我俩已晕晕乎乎的了。

满座的新疆友人见着都笑了。他们说：按照蒙古族的习俗，客人接受敬酒是不需要喝完的，杯中要留些酒。我们这是在饭店，如果在草原上蒙古包里，女主人会一杯接着一杯敬酒给客人，直到把客人喝趴下为止。主人会很高兴，这也是他们豪爽待客的风格。

晚饭后，江苏老乡又带着我们沿着孔雀河畔散步，他说：现在库尔勒城市与内地没有什么差别。我穿着旗袍，不时有路过的人盯着我看，库尔勒的街上几乎没有人穿旗袍，所以，他们一定觉得我们不是本地人。

夜晚的孔雀河景致超级美，一条流动不息的河流，河上架起一座大桥，五彩的灯光交相辉映，闪烁着，桥下的广场被装扮得流光溢彩，非常现代化。沿着河边走走，清风吹来，凉爽无比。

走过罗布人村寨

一部电影《魂断楼兰》让罗布泊早已出了名，神秘的楼兰古国城里的人突然全部消失了，他们去了哪里？只有故事和传说，至今还是谜团。据记载，1901 年，瑞典探险家斯文·赫定在当地罗布人向导的帮助下在罗布泊北发现了“楼兰古城”，知道有个罗布人村寨。

带着探索和好奇的心，我们这天九点多出发，新疆与江苏时差有两个小时，晴朗天气，老郭带着我们开车去罗布人村寨。罗布人村寨位于尉犁县墩阔坦乡境内，南邻中国最大的塔克拉玛干沙漠，塔里木河从景区流过。从库尔勒出发往南行，八十多公里的路程。库尔勒是个绿化很好的城市，可是车越往南行，却越感觉路的两旁很荒凉，都是戈壁滩，长着稀疏的植物。

在当地朋友夫妻带领下，来到了罗布人村寨，一下车，顿感到炽热烤人的热浪扑面而来，令人窒息，满眼所见都是灰突突的，显示不出有生命的迹象。进入景区，荒古，到处都是秃头的树桩和树干，草搭的木屋和亭子，很原始，仿佛现代与这里无缘。

往里走看到河，叫塔河，有吊桥、接待木屋和休闲长廊。穿过吊桥，路过木屋时，看到一位老者坐在床上做木制工艺品，边上有位少女在卖产品。我的眼睛在搜寻更多的罗布人，却只看到这两位，不免有些失望。天气炎热，都躲在家里了。

再往里走就是沙漠，一望无际，高高的沙丘，起伏不定，天上盘旋飞着观光飞机。走向沙漠高坡，我们脱下鞋，赤脚走着，没走几步，脚底如同有火炙烤脚丫子，我们发出尖叫声，快速地跳着脚，转回头跑，并迅速地穿上鞋子。

我曾在北疆长大，但这样广袤的沙漠，还是第一次见到。太阳光强烈地照射下来，让人无处可躲。空气中弥漫着炽热的气息，风拂面而过，身上的汗很快蒸干了。无数次地幻想，如果我去沙漠，一定穿一件红色的长裙，头上裹着飘飘的纱巾，镜头感十足地赤脚走在沙丘上，真来到这里，我们将全身包裹着，不让每一寸肌肤裸露在阳光照射下，不然皮肤定会烧伤不可。

站在沙丘顶上，望向东边，一片湖泊周围看到些胡杨树，有些村里的土屋建筑，显得单调乏味。裸露着枯干的胡杨木，远处的沙丘上几个人骑着骆驼走着，传来铃铛声，头顶上空有简易观光机突突地来回叫着。

再望向西边和北边，有成片的胡杨林，还有房子，显得不是那么荒凉，预示着生命的长存，生生不息，也透着一丝神秘感。老郭说：南边在建设铁路，不久火车将穿过沙漠直通这里。

在沙丘上乘坐滑板从高处往下玩滑沙，玩了半个小时，我们就被太阳炙烤得受不了，赶紧下坡，到坡下休闲长廊休息，极度口渴，想喝水。到这里，水显得尤为珍贵，发现水带少了，然后回程。

当地朋友夫妻带我们去了一家民族饭店，请我们吃馕坑肉。这里罗布羊肉很有名气，罗布羊是本地品种，食荒漠上的草长大，荒漠上的芦苇、甘草、骆驼刺、罗布麻等都是它们最好的食物，所以“尉犁罗布羊”

的肉质鲜嫩，口感甜美，具有药食效果，当地人说是新疆最好吃的羊肉。

饭店是当地普通的平房，一进屋有个大的土炕，炕上放着一张不大的方桌，我们脱鞋上炕，围着桌子，盘腿而坐。这时饭店服务人员用手拎着壶，送来一壶泡好的茶水，我们倒碗茶，大口地喝着。在新疆，每到一家民族饭店，都有免费的砖茶水供应，既解渴又润喉，像北京的大碗茶。这时几盘烤好的馕坑肉端上桌来了，事先洗过手，饥肠辘辘的我们用手抓着吃，羊肉确实好吃，不肥，鲜嫩纯美的味道，一会儿就被我们抢吃光了，又上了一盘。

羊肉是在门前一个原始的馕坑烤制出来的，朋友提前预约好的。非常感谢这对夫妻朋友，他们朴实热情，话语不多，我们盛情邀请他们到江苏去玩。

走进维吾尔族人家

没去这个维吾尔族村之前，老郭就悄悄告诉我们，这个村曾经是本地治安最乱的村，有不少人违法闹事被抓。为此，我们的心都揪着，心里有些担心和害怕。

这个村就在二师22团附近，车子行驶到22团场时，满目的绿色，充满勃勃生机，沿途看到的农田四周及路两旁都长着挺拔的白杨树，郁郁葱葱，农田一块块地规划有序，成片的小番茄、辣椒和玉米田，农作物长势喜人，看不到一块被闲置的土地。勤劳的兵团人团结一致，把家园建设得非常美丽，生态环境也很优良。

当车子驶入那个地方民族村，就能感觉鲜明的对比，绿化比团场差远了，植树少，一些农田还荒着，村里多是老式的平房，条件好的有个院子。

老郭的同学是这个村里的驻村干部，我们去的这户维吾尔族人家，是他帮扶的对象。他经常往这个村走动，跟村干部和村民都很熟。

我们走到门口时，对面人家的女主人站在门口，热情地跟我们打招呼，被她家院子吸引，走入小院，这家女主人和对门是兄妹。院子里花团锦簇，种着各色花，花盆在院里堆放，鲜花朵朵地盛开着，艳丽芬芳。院子上方架着葡萄藤，形成一片绿荫，院子里种有核桃树、梨树等，爱花的我们，非常喜欢这个院子，充满女主人的生活气息，我们在院子里拿着手机到处拍照，不停地夸赞女主人会持家，花养得好看。女主人热情地拿出西瓜招待我们，我们坐在凉棚下一张床上围着小桌开心地吃起了西瓜，真甜！来之前所有的顾虑烟消云散，他们跟我们汉人一样热情好客。

来到帮扶的这户人家，主人热情地把我们引进里屋主人夫妻俩睡的卧室床上围桌盘腿而坐。这是维吾尔族人家最真诚的待客方式。床上铺着鲜艳的毛毯，墙上挂着彩色的毯子，粉色的落地窗帘，是鲜艳的有花朵的轻纱。

老郭的同学说，维吾尔族人家招待客人最尊贵的礼仪，就是把主人自己睡的床让出来招待客人。女主人在桌上摆放些点心和干果等，端来热奶茶请我们喝。主人家有两个女儿，都在上学，大女儿上初三，说成绩很好，现放假在家。男主人患有糖尿病，常年吃药，不能干重活，家里农田都靠女主人在忙活。全家主要靠农田收入维持生计，所以经济很困难。我们想拿些钱给他们，老郭没让，他自己掏了 200 元给他们。

跟主人聊了会儿，就要走了，主人要留我们吃饭，女主人说要做拉条子招待我们，我们委婉辞谢，主人一家送出门，男主人感动地落泪了，他告诉我们，他很高兴，我们来他家做客，而且还是远方的江苏客人。

出门时，我看到主人家门前一盆仙人球开出三朵粉色的花朵，预示着生活有希望。我们的车子在村里转了一圈，村里一片安静祥和。

在这之前，我从来没有想到，我会如此近地接触他们，走进他们的家。他们和我们一样，都对美好生活充满向往，渴望安定平和的生活环境。我只想说：民族团结一家亲。

草原之路驶向巩乃斯

车从博湖县出发，然后沿着静县→巴轮台→巴音布鲁克→巩乃斯线路行驶。在新疆开车，很多车子都是油、气两用的，我们出发前就把油和气加满，一路上我们尽量用气开车，用气比用油省一半钱。

我们此行目的是晚上到达巩乃斯，同学老公开车，我们想沿着独库公路一段往北疆走。路过巴音布鲁克草原入口时，我们车一晃而过，没有拐进。

车子进入轮台后，一直在山间行驶，两旁像龙似的山蜿蜒起伏延伸。路上限速，从 20 公里 / 小时到 40 公里 / 小时然后 60 公里 / 小时，到处有监控，同学老公是急性子，这样刚好磨炼他，车慢慢地开。

打开音乐来听，车上有两盘 VCD，放的全是维吾尔族歌，听不懂，后来一路上我们都听着维吾尔族歌从南疆跨过草原和山脉行到北疆，这辆借来的七座本田车，原先一定是一位维吾尔族司机开的车。

车出山后，不久驶入草原公路，茫茫草原浩瀚无边，一条不宽的公路穿过草原，两边的草原绿莹莹的，远处有高山，草坡上不时看到有牦牛和成群的羊。

有一段路行驶了一个多小时都看不到人和羊，只有一望无际的草原和连绵的山，估计是禁牧区。

车行驶在这条路上，无聊时我们欣赏窗外的美景，看天上的云彩变幻莫测，与辽阔的草原、起伏的山峦组成视觉上的大片。有的地方山顶一片乌云压阵，像是要下雨的样子。有时蓝天和白云衬托着山体，让人心情也放晴。

眼睛一直追随着，看着窗外风云变化的景色，也不觉得闷了，心儿像天空中的白云不时地荡来飘去，飘向草原，情不自禁地想唱起《我和草原有个约会》。

车在草原公路上行驶了有四个多钟头，窗外的景也经历春夏秋冬四季，翻过了几个大坂。最高的大坂海拔有3700多米高，车子行驶到山顶时，天空是阴沉昏暗的，飘着雪，路面很滑，车要拐弯360度，路窄，对面不时地有车弯过来。我们都紧张地屏住呼吸，不敢讲话，生怕会分散司机的注意力，最终有惊无险地开过去了。当车盘旋往山下开时，看到半山腰上飘着洁白的云，青青的草坡，成群的羊移动着吃草，有种腾云驾雾感。越往下开，景色越秀丽，车子驶下去后，我们才松了一口气。

车又行驶入山间，正下着大雨，不久来到了巩乃斯的一片开阔地，有很多蒙古包，停好车，我们进入其中一个蒙古包，事先预约好的，放下东西，休息一下，准备吃饭。

山里面很阴冷，我们把能穿上的厚衣服都穿着，蒙古包里有个向上直通着烟囱的火炉，这种炉子小时候家里用过，炉子上面煮着奶茶，老板娘迎过来，让我们先喝点奶茶，暖和一下身子。有一个较高的大通铺，通铺上放着长桌，我们爬上铺，老板娘很快上菜了，为我们准备了马奶酒、清炒野蘑菇、野韭菜炒鸡蛋、清煮羊肉、高山鱼汤等，都是山里野味。

端来了马奶酒，第一次喝，感觉味道怪怪的，有些酸。老郭说这东西平时都喝不到，都让药厂给收了去，常喝马奶酒能滋脾养胃。老板娘是林场的工人，每年有两个月住在山里，经营着蒙古包生意。

在深山里，住在蒙古包里，外面下着雨，听着雨声，我们坐在床上喝酒、吃饭、聊天，边上的炉子冒着丝丝热气，这种体验平生还是第一次。晚上大家一起在大通铺上睡觉，出门不能讲究，好晚才睡下，一躺下我就很快睡着了。

第二天早上起来，雨停了，走出蒙古包一看，外面好似人间仙境，抬头就看到对面山上青松挺拔，飘逸着洁白的雾，环绕松林间，天空通透碧蓝，空气非常清新，太阳升上来，斜照在山间，留下光影，与周边的蒙古包构成天然美景。

美景近在眼前，美得让人窒息。“此景只应天上有，人间能得几回见”。不远处有一条河，湍急地向前流淌，哗啦啦的流水声穿越寂静的山谷。

我们走到河边用相机拍摄美景，早上山里寒气重，风吹着鼻子和脸面，冷得和冬天一样，寒气逼人，看到周围堆满了蒙古包，住满了人，蒙古包周边也停了不少私家车。

屋顶长草的房子

在巩乃斯蒙古包里住了一晚上后，下了一夜的雨，第二天放晴，早上洗漱后，吃过早饭，我们开车在山里转。两旁绵延的山向北延伸着，中间的峡谷是一条蜿蜒的公路，伸向远方。

雨后的山谷，显得清新亮丽，妖娆无比，雾在松林间环绕，像拖着一条洁白的飘带，山间的草是嫩绿色的，非常养眼，沿途山谷中的青青草坡上，很多游客正在捡蘑菇。往里开，到了一个科考站里，把车停在那院子里，随行的老郭认识站里的人。

我们走出站，沿着马路继续往里走，边上是条很深的河，哗啦啦的流水声，将我们与山林相隔，走了几里路，看到一座简易的平桥，跨过桥，走进山林，到处都是绿草茵茵的开阔地，开着许多不知名的鲜艳的野花。穿过一片松林地带，偶然在松林里发现一个硕大的蚂蚁窝，中间有个旋涡，周围褐色的土努力向外扩张并蓬松着，有60—70厘米高，它的里面一定住着一个庞大的蚂蚁王国。

有一条土路通往山里头，一根很粗的大松木横亘在路中央，上面长满了木耳。正想继续往里走，这时不知从哪里突然冒出一个骑马的人，挡在跟前，抬头一看，是一位哈萨克族年轻人，他问我们去哪里，我们说：想去山上转转，采蘑菇。他说：昨夜下雨，这时候山上土质很松，登山很危险的。出于安全考虑，我们放弃了继续上山，他邀请我们去他的蒙古包坐坐，我们就跟着他来到他家。

那是紧靠河边的一大片空旷地，立着三个蒙古包，蒙古包边有个凉棚，凉棚下放张床，床上有张木桌子，供客人休息吃饭。凉棚的西边有个土房子，土房子的边上又搭着个简易棚屋，再往西，有个木头栅栏围起来的马场，里面拴着十几匹马。东边种些菜，散养着几头羊和几只鸡，还有只鹅，它看到陌生的我们，伸长脖子叫着扑过来，吓得我们不敢靠近。边上的河水湍急地喧哗着，轰隆隆地响。

棚屋是用来做饭的，它旁边还有个露天的原始灶台，用泥土垒成，下面有烧过的柴灰，上方悬空吊挂着原始古朴样的铁壶。土房子里有张床，是住人的，我回到凉棚坐下，主人倒杯茶水给我喝，抬头一望，惊奇地发现，那个土房子顶上长满了新鲜的青草，在高山、松林及蓝天白云的衬托下，浑然天成，显得神秘莫测，仿佛置身于格林童话的故事场景中，有种梦幻的感觉。我愣愣地盯着那个长草的房子，让我感到好奇，住在这里，远离尘嚣，每天听着哗哗的流水声，闻着清新的空气，吃着自足的山货，山野寂静空旷，抬眼就看到美如画的苍翠的山色，随时任意地骑着马穿行在山林中，到山顶望远。

哈萨克族年轻人是林场的工人，24岁，靠近住处的这一片山林属于他管护，他带着怀有身孕的媳妇跟父母一起生活在这里，那个屋顶长草的土房子是他父母所住的地方。马场里的马可以让我们坐上骑行，看着那野性十足的马，我不敢骑上去，于是跟主人聊起来。他曾经在乌鲁木齐市打工两年，做过厨师，后来还是回来了，因为留恋这片大山林，舍不得离开，他的蒙古包也出租给游客，比我们之前住的要便宜很多。刚好有一对来自和田的维吾尔族夫妻，租住在其中一个蒙古包里，他们是党校老师，每年放暑假时都会来度过一些时光。

中午，我们就在他这里吃饭，他们夫妻俩现做的羊肉拉条子，20 元一份，管吃饱，我跟老郭各自吃了一盘后，又填了一盘。感觉是我吃过的最好吃的拉条子，口感酸辣鲜香，回味无比，令我胃口大开。而来自南京的同学一家则不太习惯这饮食。

拉条子是新疆很普通的一道面食，每个清真饭馆都有，很多家庭都会做，我也曾经做过。到江苏后，用这里的面粉和面做拉条子，始终拉不起来，总是断掉。我也去过本地的新疆饭店吃拉条子，但味道都变了，已不是新疆那个味。有些食物一旦离开本土，就会失去原有的风味，就比如有朋友把新疆羊肉带回江苏，用江苏的水煮，就不够美味，要用超市里买的纯净水烧煮羊肉才行。

吃过中饭，我们回科考站休息了一下，下午三点继续往那拉提、伊宁方向开，我们恋恋不舍地离开巩乃斯，离开那屋顶长草的房子，羡慕这世外桃源似的生活。

那拉提，来到霍尔果斯

从巩乃斯山里开出后，往北行，没多远就到了那拉提，站在路边就能清晰地看到美如画的那拉提，青色和墨绿浓淡相间，层次分明，仿佛江南的水墨画。一路上我们也欣赏了很多美景，可还是忍不住停下车来驻足观赏、拍照，路边也停了不少车和游人。

我们开车准备进入草原里去，很可惜开过了头，拐到一个民族村里迷了路，问路人说过了，无奈地只好放弃，再见了，美丽的那拉提，下次我会再来的。

我们只好往伊宁开去，将近傍晚的时候到了新源县城，找了一家宾馆住下，放下行李，我们出门找饭店吃晚饭，来到一家民族饭店，我点了碗揪片子汤饭吃。

出来几天了，每天都是吃着羊肉，同学的老公和饭店维吾尔族小伙服务员说，要吃小青菜，小伙说没有，我们说上海小白菜，他听懂了，一会儿端来一盘素炒小青菜。一些蔬菜每个地方叫法不一样，比如南方刀豆在新疆叫作豆角，洋葱叫作皮牙子。

吃过饭，都十点多了，回宾馆的路上，突然来了一场暴雨，路边的店都关门了，我们无处躲，也来不及，真是“山雨欲来风满楼”，我们被雨淋得如落汤鸡，很狼狈地回到宾馆。

本来是来新疆躲避江南的雨的，因为从江苏出来时，之前江苏已连续下了两月雨了，却没想到感受了下新疆的暴风雨。新疆的雨一下，就是狂风大作，乌云压阵，雨落下来迅急而声响。

第二天雨过天晴，很巧遇到一位南京来的老乡一家，他们自驾游往南走，我们往北开。吃过早饭，我们准备往乌苏草原开。

由于事先没问人，导航又不准。我们的车在荒漠的戈壁石子路上奔着，行驶拐弯进入一个回族村，看不见行人，也没法问路，又担心轮胎被石子穿扎捅破。在这荒郊野外的，轮胎破了都没办法修的。

好不容易拐弯行驶上正道，找到开往乌苏的路，却发现与通往伊宁的路是相反的，问路，说距离乌苏还有300多公里路，我们只好放弃，掉头往霍尔果斯开。后来才知道，我们绕了一大圈。与乌苏草原擦肩而过，无缘去了。

路途中，在一个民族小镇上吃了午饭，然后向霍尔果斯开去，终于开到高速路上。这条高速路叫连霍高速，是从江苏连云港通过来的。两小时不到，就到了口岸，镇江和伊宁是对口支援城市。

霍尔果斯口岸，我们原来的一位区委书记在这里做领导，短短的几年间，已发展成国家级的口岸，城市也成规模，到处是高大的楼房、干净的街道，人来车往，一派繁华的样子。我们买了票进去，口岸是关闭的，也只能隔着铁栅栏望向不远处的界碑，连个人影也没有。

我们本想进保税区购物的，由于没带护照，办理临时护照又花费时间，我们就没进入，出来时，看到门口很多人，停了很多车辆，有好多外地人来进货，有来自四川的，看到买了不少小集装箱装载的糖果类，堆在一起置于空地上。我们在门口的店里买了些产品带走。

我们开往伊宁市，我家有个亲戚在76团援疆，约好晚上在伊宁市见面，高速上的路一段一段地在修，我们只好从高速转国道，晚上开到伊宁市，亲戚在一汉族饭店请我们吃饭。

故地重游，赛里木湖和温泉

在伊宁市住了一晚后，第二天一早，吃过早饭，我们就出发去博乐赛里木湖了，早上进加气站给车加气时，我和同学杨倩站在加气站外口等车，有几个本地人也在等车，杨倩说一路从南疆过来，看到的都是少数民族面孔的人，到伊宁汉族人多了。

车在山间行驶了一个多小时，当车开到果子沟大桥时，我知道，离赛里木湖不远了。过了桥绕过几个弯后，就到了赛里木湖了。十多年前我曾来过，那时这片高山草原湖泊是连成一片的，这次来看到一条路横穿通向前方，把草原和湖泊分成两半。

进入赛里木湖景区要收费了，我们刚进入时，天上乌云密布，飘着丝丝雨雪，风吹着人感觉冷嗖嗖的，我们都有些失落感，七月的草有些黄了。

然而当我们靠近湖边时，天空发生了戏剧性的变化，天上的乌云一点点从西往东飘移着，留下丝丝白云，渐渐地露出了碧蓝的天空，紧接着太阳出来了，太阳光穿过云层直射下来，湖面由深变浅，呈现出海蓝色，像蓝色的宝石在闪烁着，清澈的湖水与蓝天浑然一色。

站在湖边，一浪一浪的水波卷起浪花冲过来，发出“哗”的声响，同学在边上感叹：“这分明就是在海边了，景色太美了！”慢慢地，远山也清晰了。我们激动地在海边不停地走走拍拍。

赛里木湖有高山森林、草原、湖泊，生态环境极佳，来这里，一天的气候总会多变，比如刚才还艳阳天，可能过一会儿乌云飘来，就下雨了。

下雨多是雷阵雨，雨下的时间不长。不过雨后挺冷的，我上次来体验过一回。有好多远方的客人不知道这一点，看到下雨就匆匆离去，错过美景。

“赛里木湖”蒙古语译成汉语是“山脊梁上的湖”，十多年前那次来时，是跟博乐同学文娟来的，在一家蒙古族牧场主的蒙古包里，当时他们非常好客，在蒙古包里一杯接一杯地唱着歌曲敬酒给来客，吓得我和女同学文娟躲在外面，不敢久待蒙古包里。

那时因赛里木湖是高山湖泊，湖水很冷，湖里还没有可生存的鱼，这次来，听说已放养有高山湖泊鱼了。

在湖边不知不觉中，已快到中午了，我们恋恋不舍地上车，准备去温泉。我一直想去有花有草的一面的，后来才知道那最美的一面在西面，我们没有环湖转一圈，而是从北侧就出去了，好遗憾。

出了北侧，往温泉，沿途的景色也很美，赤色的群山蜿蜒着，寂静的草原（正处休牧期的草地）平坦而开阔，我们开了八十多公里路就到了博乐温泉县城，一座美丽的山城，周围群山环绕，是全国最小的城市，常住人口只有一万多人，因有地热温泉而出名，此地气候冬暖夏凉。我们从闷热的江苏来，明显感到凉爽无比，很舒适。

这里深山里草原溪流中发现有娃娃鱼（学名叫北鲵），是距今三亿五千万年前最原始的两栖动物物种，被视为极其珍贵的“活化石”，目前存世的也只有六千多尾。娃娃鱼对生存环境要求极高。

我的两位男同学就住在温泉县城，我们到了温泉，同学苏卓勋带我们去一个高山湖冷水鱼养殖基地参观，看到有很多露天池子。

池子里人工养殖有很多种颜色鲜艳的高山湖泊鱼，有红色、黄色、白色、黑色的。感觉像观赏鱼，不过比观赏鱼大多了，一条有 50 多厘米长，同学说：我们这也有鱼吃了，不比你们内地江苏差。

接下来又带我们去了温泉县城附近的一个湿地公园，湿地有三千多亩，是沙质土壤，被很好地保护起来，据说是全国最大的沙质湿地。

湿地边上建有木质栈道和护栏，供游人赏景。站在栈道上，凭栏望向远方，辽阔而苍凉，能看到远山，天上乌云垂挂下來，湿地里开着很多黄色的野花，草旺盛地生长着，心中油然升起无限遐想，关于远古时代。

久违的同学情谊

到了博乐地盘，就算是到家了，“博尔塔拉”蒙古语意思是“金色的草原”。在新疆，有两个蒙古族自治州，一个在南疆，巴音郭楞蒙古自治州，另一个就是北疆博尔塔拉蒙古自治州。

我们一行五人住在温泉县宾馆的当天晚上，温泉的两个男同学请我们吃饭，席间，两个同学很热情，带着那种久别重逢的喜悦，从言语中就体现出来。同学朱说：“离你上次来，有十多年没见面了，你让我们想死了，你也不想我们啊！”

我是一个不容易被情绪感染的人，可是在两位同学言语的煽情下，从不喝酒的我，居然多喝了几杯，新疆的伊力特被我当江苏的绵软酒，咕咚痛快地喝下了。烈性的酒刺激着肠胃，千般滋味涌上心头，让我激动地落泪。多年身处异乡的坚忍也好，伪装也好，这久违的朴实的同学情，让我瞬间变得脆弱。

一晚上闹腾得睡不着，吐了一晚。第二天早上，两位男同学来请吃早饭，我都没力气走路了，我蹲在路边，跟他们说：“你俩这是想让我留在这里，不回江苏了。”两位同学像做错了事似的没说话，直看着我。

吃过早饭后，好几个电话就打过来了，都是同学的，约着晚上聚一下。盛情难却，本来只想匆匆地回来望一眼就走的，不想打搅人。发小江华打电话来，说他哥带我们去阿尔夏提风景区。车行驶在路上时还下着零星小雨，到了景区入口外围，有管制的把守，还好我们顺利地进入了。

进入景区后，太阳出来了，天转晴了，我们准备上山时，发现前晚由于发生洪水，将木桥冲垮、不能走正道了，还有“羊道”可走，羊道就是放牧的羊群在山上走的道路。巧遇到两个走亲戚的哈萨克族妇女，她们也走羊道。山上云杉林立，高大的胡杨、河柳郁郁葱葱，树荫蔽日，我们几人走在羊道上，都是土路，而且路在山腰上都比较平缓，利于行走。

大山里很寂静，只有我们几个爬山的人，如果一个人走在山里，还有些害怕，我想起放牧的哈萨克族人，他们能在这崇山峻岭中自由穿行，甘于这份寂寞，而生存下来，就是不容易的，又想起徐霞客，他一定没来过这个地方。

爬了不到一个小时，我们就爬不动了，可是无限风光在险峰，我知道更美的风景在里面呢，里面有冰峰、草原，还有地热温泉，在山的那头还有与哈萨克斯坦的交界，要在平时，喜爱爬山的我是一点没问题的，可今天爬不动了，无奈只好回头了。

晚上女同学姜建红做东，安排在博乐一酒店请我们大家聚聚，来了好多同学，有十几个，都是熟悉的，有同学把家里的好酒带来，老温带了家里存放了十年的本地酒。刚好随行有两位会喝酒的男士，由他们作陪了。

同学们现在混得都不错，外表上除了成熟，也更沉稳了，没有什么大的变化。好多人工作较忙，他们多是基层连队干部，从南疆到北疆，一路看到新疆的维稳任务很繁重，政府部门、公安及基层等干部都没有休息日，要轮流值班，深入基层维护环境稳定。

有同学跟我说，他们平时也很少聚会，这是我来了，他们才第一次抽空相聚。相隔多年，距离的遥远，时空的相隔，让我一时不知道该说些什么。席间，老温牵头让每位同学讲几句话，听着同学们发自肺腑的感言，真挚而动情，我努力地克制情绪，还好没喝酒。经过多年的磨炼，同学们一个个变得好会说话。

有同学过来关心地问我在江苏过得好不好，还有同学起身唱起“下马酒”歌曲来，给同行来的两位男士敬酒，“远方的客人，一路辛苦，请你喝一杯下马酒……”同学举着酒杯，深情地歌唱，虽不在草原，却感受到浓浓的情谊。

新疆美丽的一万泉

有一首歌唱道："万泉河水清又清……"，我说的一万泉不是歌中的，而是新疆兵团第六师奇台中心团场以南天山万泉峰下的。

距离乌鲁木齐市 200 多公里路远，从乌市开车走高速到那里两三个时就到了，没想到这里还有这样的美景，二哥带我来的，他当年在这里当兵。车往上爬的时候，经过一段很奇怪的上坡路，如果挂空档，它也能自动往上坡行驶几百米。

我们的车开到高处停下，有个观景台，远望是万顷良田，黄灿灿的，一块一块的，是一片片盛开油菜花田，远望如天然的织锦图，非常壮观美丽。

继续往里开，就看到美丽的一万泉，这里是一处人间仙境。走近景区，近处山坡绿草丰盈，高低起伏，不远处云杉耸立，远望雪山巍峨，庄严屹立。可能由于海拔温差的缘故，这里草的颜色还很青绿，草的味道是新鲜的，平坦的草坡上，鲜花点缀，不远处有红白相间的房子，还有亭子，有不少马，是当地哈萨克族人的，给游客骑行，招揽生意。马群边上，有一群哈萨克族小伙子、姑娘们，脸晒得黑黑的，女孩子看上去也有股子野性，骑着马手扬着马鞭甩向马屁股，在山坡上奔跑，很是潇洒。

我们才到坡上，几个骑着马的人围过来，问我们骑马吗？我也想骑一下，想在山间草坡上骑行奔跑一回，过过骑马的瘾，同行的两位男士劝我不要冒险，说山里的马野，怕我摔伤。我和女同学江华只好让两位哈萨克族小伙子牵着马缰，骑马在草坡上走了段路，感受了下骑在马上的体验。

在新疆，哈萨克族被称为“马背上的民族”，很多哈萨克族人世世代代都习惯骑着马，赶着羊群放牧，穿梭在高山森林间，长年生活在山谷和草原。哈萨克族女孩子是幸福的，她们没有很多生活行为方面条条框框的束缚，能自由地在山野生长，可以从小骑着马在山谷间、草原上尽情地奔放，并可大声说话、纵情欢笑，释放天性。

错过那拉提的美景，来到一万泉，让我的梦想得到满足，在草坡上走着，欣赏着美景，不远处有一群妇女，拿着鲜艳的各色丝巾随风飘扬着在拍照，站在坡顶边缘，望着更高的山，明显感觉到了山体上下空间的落差，人在大自然环境中顿时显得渺小，我对着大山叫喊一下“我来了！”

阳光斜照下来，远山、近处的松林像剪影似的，错落有致，排列有序，下面是青青的草坡，走在草坡上，边上有一群羊在慢悠悠地移动吃草，抬头望见山和森林，低头望着美丽的鲜花和绿草，是多么美的一幅画。

往里面走，山里有泉水，有森林，景色更美。进入里面要开车去才好，或者骑马，虽然看着不远，真要往里徒步行走，至少也要一、二个小时。我们到达山顶时，已近中午。下次我再来，要在山里住两天，感受下一万泉的清晨和落日。离开景区后，我们来到了附近农家吃午饭，那儿的豆粉凉皮真好吃。

她从西北边陲团场走向大洋彼岸

她从美国给我打电话说："以前我们小时候在团场，认为从团场到博乐市，再到省城乌鲁木齐，都觉得很远，去内地更觉得遥远了，要一个星期的路程。现在距离根本就不是问题，我常常为了工作世界各地的跑。我到美国，坐十多个小时的飞机很快就到了！"

这是我的初中同学，她叫周瑜，家里是团场一个连队里养鱼的，父母来自四川，都是没有多少文化的团场连队职工，能给她的也就只有吃饱穿暖。初中时，我们在西北边陲团场中学上学。在学习上，我们是相互竞争的对手。时隔三十多年过去，我早已经没有了斗志，而她却还像个战士似的，为自己的事业不停地奋斗着。

在我们那个西北边境团场，我出生的地方，说是个县城，其实也只有小镇的规模。人口仅一万多人，很是偏僻，团场大多是从内地迁来支援边疆建设的人。童年玩耍的场地就是这块荒凉的一望无际的戈壁滩，我们常常在这里捡石头玩耍。这里的老师大多是从内地来的知青，他们在我们童年和少年的心里种下了探索外面精彩世界的种子，引得我们对外面的世界无比地向往。

心有多大，世界就有多大。小时候，你无法判知将来的道路会走得多远。但在新疆，我们在戈壁滩上走得最远的地方也就是四十公里外的阿拉山口口岸。因为过了阿拉山口就是哈萨克斯坦国，这里与内地相距上万里路，环境的疏远和封闭可想而知。如此，我们通往外面的知识窗口自然而然是知青老师给的。

初中的时候，我们班上有一个男同学家里跟邻居发生矛盾，而他因为冲动伤了人被抓了起来。当时学校组织我们学生旁听公审案件法律辩护。在团场电影院里，那天，那个能言善辩的男律师为犯事的男同学减轻了不少罪责，给我们留下了很深的印象，我们也第一次领教了律师辩护的风采。结束后，周瑜带着崇拜的语气说："将来我也要做一名律师，像他一样！"

当时我们都没有在意，没想到高考填写志愿的时候，她第一志愿、第二志愿等所有的志愿填写的专业都是法律专业，最后她幸运地被武汉大学法律系录取了。进入大学时，高考成绩在班中只是中游水平，但她毫不畏惧，抓住大学里所有的学习机会，每天泡在图书馆里。大一时，过了英语四六级，大四时，她考上研究生。

毕业后，顺利地被分配到家乡成都市某区法院工作。工作六年，毅然从体制内辞职，去做律师，北京、上海的跑，寻找机会，后来还是回到成都，自己开了律师事务所。说："很后悔在法院待了那么多年，应该早点出来，白白浪费了六年的青春光景。"

在律师的行业拼搏，夜以继日地干下来，先从接手刑事案子开始，后来专门接经济案子。父母和姐姐等家人都远在新疆。在成都这座城市里，买了房买了车。2005 年的某一天，我在家里看中央台的《法治时空》节目，节目里说到成都一个顾客从宾馆 28 楼窗口不慎坠落而亡，从而引发法律诉讼。当时现场的一位律师在解说，我一看就是她。

她曾有一个青梅竹马的男友，男友大学毕业那年，她要求他来成都工作，男友不愿意，想回新疆。回疆后，到一家银行工作，很快有了新女友，从此，他们天各一方，形同陌路。

后来，她在网络上认识一位美国男友，比她大四岁，在美国一家大型房地产公司工作。他们很聊得来，男友从美国来到成都见她，是个汽车发烧友，收藏有很多老车，看到她开着小小的尼桑，坐在里面看着她直笑。后来，他们结婚了。我问她为什么找个老外？说："在中国，即使六十多岁的老人也总想找个年轻的，而外国人注重内心沟通及性格的相投，以及年龄的相配。"

虽然嫁给老外很多年了，但她始终保留中国国籍，在成都的事务所一直开着，还致力于事务所跟美国律师事务所互相合作。一直在努力学习，准备考取美国的国际律师证。

讲一口流利的英语，跟美国丈夫及家人沟通流畅，丈夫家人很注重营造家庭氛围，每年圣诞节必到美国婆婆家过节，与丈夫的兄弟姐妹团聚。从她发的图片看到：欧式的水晶吊灯照射下，她跟婆婆及家人相聚围绕在长长的餐桌旁，桌上摆满了西式美食，笑容浮现在每个人的脸上，大家开心地就餐，沉浸在欢聚的氛围中，显得无比温馨。

而每到中国春节，她带着美国丈夫从美国飞到中国新疆去与她的父母及姐姐团聚，她老公入乡随俗吃我们中国的饭菜。每年她从美国纽约州飞到成都、新疆等来回转，为了工作，为了家庭，已变成"空中飞人"了。现在从美国回到中国，转机的话，也就耗费十多个小时，距离已真不是问题了。

现在每年长居在美国，跟老公一起生活在纽约州的一个城市里，那个城市人口大约有几万人，交通便利。白天老公去上班，她在家里通过互联网，处理在中国的律师事务所的相关事务。

老公很爱旅游，喜爱野外徒步。假期的时候，会陪着老公户外游，去人少的地方旅行。朋友圈看到他们去过沙漠、海边、森林等，景点周围人烟稀少，但是景色超级美丽。她和老公也会带着婆婆及两个小姑子，相约去旅行。每年夏天，会跟老公的兄弟姐妹相约，一起去另一个城市看望婆婆，在婆婆家里度过一段时光。跟许多中国的老人一样，她的婆婆为了迎接儿女归来，会将家里收拾得整洁舒适，准备许多丰盛的食物，高兴地并盼望着她们的到来。

2015 年秋天，她在成都，我和朋友去成都游玩，晚上她请我们在家附近的一个人气很旺的火锅店里吃饭，名叫“工农兵饭店”，饭店里中间的装饰架上摆放了很多老物件，有绿水壶、帆布包、老式录音机等，看着令人很亲切。那天，我们相聚很开心，跟我拍了很多张合影，传给她美国的老公看，这也是二十多年来，我们第一次相聚。

相隔在地球的两端，有十二个小时左右的时差，每当晚上十点多，我要睡觉的时候，她在美国正是清晨，通过互联网在一起聊天少，联系也很少，聚在一起更不容易。因此，我在大洋的彼岸，地球的这一端，江南城市，只能默默地祝福她：祈愿她平安顺遂、万事如意。

回不去的故乡路

近来，有不少曾经的新疆兵团的上海老知青，带着儿女又回到兵团养老。现在的兵团变化很大，漂亮的楼房林立，整洁的小区环境幽雅，人性化的管理井然有序。内地对口支援多年，就医环境也提高不少，那里还有曾经共事过的同事、朋友，这让返城几十年的知青们念念不忘。

上海知青王老师最近带着儿子回到她曾经支边的团场，儿子近四十岁了，还没有成家，王老师在上海有一套父母给她的面积40平方米的回迁房，准备留给儿子结婚用，为了这套房子，在寸金寸土的上海，跟兄弟姐妹们闹得很不愉快，亲情、人情也很淡薄。

回到兵团，她的学生们虽都已成年，但还记着这位老师，过去的老同事都七十多岁了，住在团部小区里安然养老，跟儿子每走到一家都被热情接待，久违的温情滋润着他们的心田，她和儿子决定回来定居，以后终老兵团。

小时候，从我们所在的边境团场回江苏，路真遥远，那时交通不发达，从团场到城市，再到乌鲁木齐，要坐两天汽车，从乌鲁木齐再踏上通往上海的火车，要坐三天四夜，终于等到下火车，两腿酸麻、颤抖地不会走路了。

父母之所以远隔千山万水，行近万里路，大包小包地回乡探亲，是念及家乡的父母、兄弟姐妹及亲戚，想念那一份隔不断的亲情，这样的探亲机遇也是很少的。

我的小学、初中老师很多都是来自上海、北京、天津的知青，1982年，国家知青返城政策落实下来，他们大多陆续回城了，也还有一些人，因某些原因，留了下来，他们的子女被安排回城工作。

有一位化学老师，姓李，是上海知青，他自从支边新疆兵团后，三十年，就没有回过上海的家，平时衣着很朴素，特别爱穿旧式绿色军装，着一双旧式解放鞋。

改革开放十年，上海作为全国服装流行趋势的风向标，引领着服装流行潮流。那时，上海的街头姹紫嫣红，回乡的海外及港澳台同胞增多，也带回海外的潮流。旧式绿军装，曾经在我们眼里，是老少皆宜并喜欢的服装，源于对军人的崇拜。穿上绿军装，也是我少女时代的梦想，连队里军人出身的人很多，看到他们穿着绿军装站在连队操场上集训，感觉好神气。棉布制的旧式绿军装穿着透气舒适、耐穿。以前很多人家都喜欢屯集帆布包及绿水壶，保存到现在也成了珍贵纪念品。然而那时，受时代影响，什么都讲时髦，很多人生怕跟不上时代的步伐。在兵团本地，也已很少有人穿这种绿军装了。

他回上海探亲，穿着淘汰过时的一身旧式绿军装回乡，回到时髦的上海大都市。李老师或许是对旧时光的怀旧，或许是艰苦岁月里朴素习惯了，也或许是家里存货较多，舍不得扔，他依然热爱穿着这一身绿军装。回到上海，站在繁华的街头，显得那么不合时宜，甚至有些格格不入。拜访了好多亲戚、朋友，让他意外和惊讶的是，每到访一家却都不受人待见，被亲戚嘲笑、看不起，饱受了讽刺和挖苦。亲戚说：“这都什么年代了，你怎么还穿成这样回来。”他带着新疆土特产去拜访一位远亲，舅母连门都没开，避而不见。

他深受刺激，也不是没钱，跑到上海最大的商场里，买了最贵、最流行的一身服装，休假还没结束，就提前回兵团了。大家发现，回来后的李老师突然变了，改头换面，穿一身做工考究的西装，笔挺的，头发像抹了蜡似的，顺溜光滑，脚穿一双擦得锃亮的黑皮鞋，派头俨然港商，高昂着头，挺直腰身，走在人们面前，脸上没有一丝笑容，像受了什么刺激，言语也少多了，透着一股酸涩，人有些反常。从前那个随意、不修边幅、头发乱糟糟的、朴素惯了的李老师不见了。

阿四是连队的职工，也是位上海知青，在家是独子，阿四家底殷实，从小被父母当少爷娇宠惯着养大，因为是独子，阿四本可以不来新疆支边，但初中毕业后，他坚持要求远离父母，跟随同学们来到新疆。

他四十多岁，没成家，那一年，阿四的父母去世，按政策，阿四有个父母留给他的接替工作指标，可以回上海，那时在上海想谋到一份工作很不容易，都是街道计划分配。有一位高中才毕业的邻家女孩，想得到这份工作，她愿意嫁给阿四来换取工作。

阿四看到如花似玉的女孩，按年龄可以做他女儿了，他不忍心耽误女孩的一生，就把这份工作指标无偿送给了那女孩，放弃娶她，并跟她认了干亲，善良的他返回了新疆兵团，再没有娶妻。

提高现代文阅读和写作成绩的金钥匙

唐士莉作品
阅读试题详析详解

“仙草基地”受骗记

（1）周六，和同事们约好外出，牵头登记名单的人说是去J市。

（2）因为起得早，我在车上眯着了，等醒时发现，车已在路上跑了两个多小时，后来拐进一乡间路，驶进一农庄里。一进庄园，就看到“欢迎来到仙草基地！”的牌子，庄园里小路上到处贴着仙草的广告，我们心里狐疑着，这仙草到底是什么东西呢？

（3）拐了几个弯，走到最里面一个楼房，门口站着一男两女在迎宾。我们跟着导游进了二楼的小会议室，见桌上放着很多包装好的农产品。大家落座后，门口的三人进来，其中一个男子对我们说“欢迎来到 ×× 生物农业科技有限公司。看到桌上的农产品没有？一会儿会不断地带给大家惊喜！”

（4）我们心里明白，这一定是推销农产品，想着不要上当。这时，一个自称是公司老总的人走了进来。他自我介绍，姓吴，安徽人，创业十多年，他们的企业是省、市级农业综合生态园，集科研与生产与一体，得过很多奖。公司现在与旅游公司签约合作，把广告费直接反馈给游客，凡是来的游客会免费送产品。

（5）接下来开始一样样地对桌上的产品进行介绍。如仙草灵芝，从培养、种植到成形、药用保健功能及价值等说了一大通，还列举了一些明星长期吃仙草的例子。他拿出一支灵芝蛇油膏出来，告诉我们这个灵芝膏能治粉刺、湿疹、脚气等，涂点在太阳穴上还能防晕车。他说送我们一支，但要用另一种方式“送”：需要的人先掏出十块钱买，再发等额红包。我们想十块钱的东西不贵，就买了，他身边的副手拿着红包分送给买过的人，我们打开红包一看，里面果然有十元钱。

（6）他又开始介绍一包切片干灵芝，说女性用它和红枣、柠檬泡茶喝三个月，美容效果明显，能明显祛除脸上的黄褐斑。为了回馈大家，只收一百元，也是先收钱后发红包，红包里是随机放些钱，有多有少。我脸上刚好有斑，为此还有点小烦恼，就掏钱买了。我们拿到红包拆开看，里面有一百元。

（7）介绍破壁灵芝孢子粉时，他说他们公司是进口了德国上百万元的设备，用来生产破壁灵芝孢子粉。这种孢子粉效果最好，吸收快，三个月一个疗程。需要的人先掏出一千元买两袋，一袋三盒，然后另送两袋，加送一个银杯，还有一小袋灵芝片。

（8）这时买孢子粉的留下来，不买的可以走了，我看到同事——一位曾援藏的懂医的专家掏钱买了，头脑一热，也掏了一千元，然后填表、拿取会员卡，坐在桌边两眼巴望着吴总，等着他发最后的红包。

（9）留下来的有八个同事，这时吴总说："最后一个惊喜，是我们公司收集的五张连号的、具有收藏价值的十元纸币，这些纸币再过个五年，升值肯定很快，到时你们拿到古玩市场上卖，能值五千元。"他带上一双白手套，小心翼翼地从红包中抽出五张崭新的纸币，告诫我们一定要戴白手套拿着，不然留下指纹就不值钱了。

（10）他们催促我们快走，说下一批客人要到了。我们拎着四个装孢子粉的袋子走出会议室。到了楼下我就后悔了，回楼上要求退货。一个女的很爽快地领着我到财务室，把一千元退给了我。到了车上，有同事问我：你买的东西呢？我说退了，几个同事一听可以退，也立马拿着袋子回头去退货了。

（11）我们在车上等了好一会儿，几位同事才回来，听他们说，又来了一大车人，全是六七十岁以上的老年人。我的母亲会被人忽悠，常从外面花钱买一大堆保健品回来，我们怎么劝都没有用，为此非常苦恼，没想到这次我也差点上了当。

1．阅读全文，作者为什么刚开始明知道是在推销农产品，想着不要上当，后来还是上当？

2．灵芝是中草药吗？

3．阅读全文，作者为什么看到懂医的同事买了产品，她也买了？应该怎么做？

4．文章结尾，作者和同事为什么后悔了，把产品退了？

参考答案：

1．贪小便宜吃大亏，送灵芝蛇油膏、灵芝片等，抓住顾客心理引诱上钩。

2．是的，灵芝孢子粉不是。

3．迷信行家。不能一味地迷信行家，要相信自己的判断能力。

4．没有包治百病的中药材，好的东西不用刻意宣传，忽悠人买，有病要到正规医疗机构找中医师开药治疗。

北京行遇陌生人

（1）我们在生活中，会遇到很多陌生人，有些人从陌生人变为熟人，进而成为朋友。这次北京之行，我遇到了不少陌生人，有意思的是，我们居然能共居一室，或共处一桌同进晚餐。

（2）这次是“有书”平台成立三周年庆典，邀请我们作者去北京参加聚会活动。活动现场，我听了几位大咖的写作分享讲座，受益匪浅，也认识了很多陌生人，有其他老师、文友等。很多都是年轻人，跟他们谈写作，我根本感觉不到年龄的差距感。

（3）第一次来北京，我跟几个陌生的有书文友一起住民宿，四人合租，人均摊下来，住两晚上费用只要205元，很划算。

（4）本来营长要同来北京，临行前时，她单位有事走不开了，说是市里要创建文明城市，她是办公室主任，主管领导规定不能请假。文友中，有一个是我从镇江约来的朋友明月，有一个是从武汉来的，还有一个是北京本地的，住得离活动会场较远，所以跟我们一起合住。四个女人住在一起，一点没有陌生感，大家开心地聊天，两天的相处，让我们从陌生人变为熟人。

（5）我和明月坐到长城的旅游专线公交车时，遇到一个老外，坐我们前座。他用手机翻译软件问我们，这公交车什么时候回程？我平时不用英语，一时脑子卡壳了，只好用手机打几个简单的单词告诉他：come back（意为回来）11:00–16:30。他看明白了。

（6）后来他又把手机递给我，上面有：多长时间发一趟车。我随口说了句英语“twenty-five minutes”（25 分钟）。他也听懂了，对我连说谢谢。

（7）下车时，同车一位广东肇庆的小伙子要跟我们一起爬长城。他在北京王府井附近一家酒店做厨师，35 岁，还未成家，家里有 8 个兄弟姐妹，全在外地打工，他来北京已经三年了，将要辞职回广东家乡再找工作。

（8）他之前从来没逛过有名景点，这令我们感到不可思议。他说：一个人逛没有意思，同事也忙，不能陪他。路上我朋友明月跟这个小伙子聊天，说要把自己的一位女性朋友介绍给他，并教他怎么跟女友相处，说女方想找一位对自己好的男人，人品要好，别的没什么要求。她劝说这个小伙到江南工作，便于跟女方相处。我在边上听了偷偷地发笑。

（9）小伙子很老实，话不多，他讲的广东话，我们听来更像外语，很难懂，要让他重复着讲几遍。我们问他听懂我们讲的话吗，他说听得懂，只是一路上我们跟他讲话，他都“嗯，嗯！”应着。他帮我们拍照，我们帮他拍照，双方互相帮助。中午吃饭时，他随身什么吃的都没带，我们把带的蛋糕和面包与他分享。

（10）回程时，我们游逛小吃街，他没有兴趣，就先回去了。我们继续逛，看到北京一较有名气的烤鸭店，想吃北京烤鸭，就进入店里看看。坐电梯时，一同进入的还有一位较年长的中年男人，操着外地口音，他也是找北京有名气的烤鸭店的，还有一个同伴。朋友明月跟他说："我们四人可以一起凑单买只烤鸭。"我听了吓一跳，偷偷拉了一下明月的衣角，低声跟她说："不要这样，太冒险，我们身在外地，遇到陌生人不了解，何况又是两个陌生男人。"

（11）明月说：看他的外貌和谈吐，像是有修养的人。后来，我们骑着公共自行车去前门大街的"四季酒店"吃烤鸭。店里生意很红火，我们点了一只烤鸭和一些其他特色菜，边吃边聊，得知他们是中建集团的员工，总部在北京，是来出差的。他们到过镇江，说镇江万达广场就是他们参与建设的。

（12）聊着聊着，不知不觉时间就过去了，我们一起度过了愉快的夜晚。晚餐采用 AA 制，每人只花了 99 元，我与中年男人互相加了微信，把费用打给了他，走出饭店，我们互相道谢谢、晚安，我们便找地铁口回去了，他们继续去逛鸟巢。

（13）这次北京之行，与大家皆是萍水相逢，但这一段段邂逅却深深地印在了我的脑海里。

1. 民宿是什么？你住过吗？

2. 广东话是粤语吗？中国七大方言区有哪些？

3. 阅读画横线的句子"我们在生活中，会遇到很多陌生人，有些人从陌生人变为熟人，进而成为朋友。"谈谈你对陌生人的看法。

4．阅读全文，在北京，作者为什么敢于和陌生人共处一室，共进晚餐？

参考答案：

1．意对即可，民宿是源自日本，是指城市居民或农村居民利用自己的闲置资源，参与接待，为游客提供体验当地自然、文化与生产生活方式的小型住宿设施。

2．是，中国七大方言区：官话方言、吴方言、湘方言、客家方言、闽方言、粤方言、赣方言。或北方话、广东话、江浙话、福建话、湖南话、江西话、客家话都可。

3．随意谈，比如遇到陌生人，我会做什么，把自己的看法和想法说出来。

4．第一通过“有书”平台相互了解的基础上，产生了信任感。第二察言观色，去公众场所聚会，不单独行动，不做冒险的事。首都北京比较安全。

城里做早餐的人

（1）镇江城里有很多早起做早餐生意的人，他们非常勤劳，早出晚归风雨无阻，在一些繁华地段附近的老巷子里，做早餐吃食。这些吃食有着本真的味道，令人回味。

（2）我住在青云门时，在通往府学新村的坡路上，每天早上都见到有对老夫妻，六十岁上下，他们是卖汤圆的，清早六点多就出摊了。一个煤炭炉子，炉子上放着大锅，锅里烧着滚开的水。

（3）他们的汤圆是有馅料的，有黑芝麻、青菜肉、豆沙等，每种汤圆包成不同的形状，一般芝麻的是圆的，豆沙的是椭圆边上有个尖儿，菜的就是椭圆的两头各手捏个尖儿，便于区分。

（4）汤圆在老夫妻的手里如变魔术般，很快地包好，扔入热气腾腾的锅中，等个二十分钟，汤圆漂浮上来，就熟了。我每次都带个搪瓷盆去，盛着端回家。如今我已搬离青云门很久了，还时常想起那汤圆的味道。

（5）在青云门还有一对老夫妻是卖蛋糕的，他们做的蛋糕，味道纯正香甜，带有旧时蛋糕的味道，是纯手工制作，不像外面店里卖的蛋糕，香料放得很多，腻味得人心慌，我儿子小时候挺爱吃这对老夫妻做的蛋糕。

（6）因为我们常买他家的蛋糕，他家住的又靠着我们很近，楼对楼，我有时想吃蛋糕了，就跟他们预先订好，等他们做好了，我再去他们家里拿。

（7）这对老夫妻有七八十岁了，他们有一个独生女儿，已经成家，还有个外孙女，平时都要他们老俩口操心。因为他们的女婿爱喝酒，一次由于喝酒过量，酒精中毒，整个人瘫痪在家依靠女儿照顾，女儿身体又不好，所以老俩口想帮帮女儿，就开始做蛋糕，拿到巷子口去卖。他们保证所用材料的新鲜，周边人都爱买他们家的蛋糕。

（8）永安路菜市场边的巷子里，以前常常有位妇女做烂面饼子卖，这种饼只有镇江东乡人家会做，烂面饼子里包上青菜肉馅或南瓜馅，放在平锅上不停地拍打，拍成薄薄的一层，用油煎。

特别是春季时可以放些荠菜，那更鲜美，味道更好，这饼子也叫春饼。

（9）我常买她家的饼吃，所以跟她也就熟悉了，我知道她有一个女儿和儿子，她丈夫下岗了，身体不好，休息在家，全靠她在巷子里做烂面饼子维持生计。她做烂面饼子养活了一家人，把女儿和儿子都供养上了大学，我每次路过那里，都要去买她做的饼。

（10）后来有一次看到她，她告诉我，女儿已经工作了，她要到退休的年龄段了，不再做饼，要歇歇了。再以后，我就再也没看到她在那个巷子里做饼，而是换成了别家在做，但别人做的饼我不爱吃，从此我也就不去那了。

（11）鼓楼岗通往烈士陵园的巷子里，常有一个老头做米饼卖，是在一大锅上，中间凹陷处放有水，把发酵过的稀米面倒在锅上摊平，盖上锅盖，下面烧火，靠着水蒸气，把米饼蒸熟。做好的米饼两片连着，带着点黄色且焦糊的壳，如果中间包上半根刚炸好的油条，那味道真是美极了，硬和软的包容，带着发酵的米香，还有油条的脆香口感。

（12）现在做这些早餐的老手艺人在城里几乎都见不到了，城市变化很快，也不知道他们去了哪儿。

1. 这篇文章用了什么样的手法来描写人？

2. 汤圆和元宵的区别。

3. 阅读全文，作者想要表达的意思是什么？

4. 说说你家乡的街头或村头小吃。

参考答案：

1. 叙事。

2. 北方“滚”元宵，南方“包”汤圆。

3. 意对即可，为了生存，这些劳动的人早起，勤劳，能吃苦，为人诚信，精心做美食。

4. 我家乡的小吃有汤圆、春饼、年糕、鸭血粉丝等。

过长江，灭小虫

（1）春季到了，马上三月份，我区又要紧锣密鼓地开展血防查螺灭螺工作，每年的春季都如此。

（2）记不得自己有多少次过长江了，曾经住家靠着江边，从家里出门走到江边约十分钟的路程，在三峡大坝建之前，我常常走近江边，就看到到江上行驶的轮船，听到高扬的汽笛声。

（3）以前因为工作常常下乡，每到夏季，江水汹涌，我们要下乡去查看水厂，跟着科室老领导一起下乡，防汛季要注意百姓饮水、除四害、防瘟疫，及血防等工作。

（4）记得有一年汛期严峻，省城来的两位女专家专门去江心洲视察，江心洲位于长江中心，我们坐着汽渡到江心。中午在卫生院食堂吃的饭，院长精心准备了一桌菜。席间，省城来的一位女同志始终未动筷子，后来上了一盘江螃蟹，这位实在忍不住了，吃起螃蟹来，但别的菜都一样未动，之所以这样，是因为她怕那小小的血吸虫，这小小的血吸虫需要用显微镜才能看清，长在钉螺里。

（5）毛主席在1958年夏季曾写了两首诗《送瘟神》，就是当他得知江西省余江县消灭了血吸虫病后，因为高兴而创作的两首七律诗歌。其中有一首："绿水青山枉自多，华佗无奈小虫何！/千村薜荔人遗矢，万户萧疏鬼唱歌。/坐地日行八万里，巡天遥看一千河。/牛郎欲问瘟神事，一样悲欢逐逝波。"另一首："春风杨柳万千条，六亿神州尽舜尧。/红雨随心翻作浪，春山着意化为桥。/天连五岭银锄落，地动三河铁臂摇。/借问瘟君欲何往，纸船明烛照天烧。"

（6）当年主席写了这两首诗歌后，血防工作就紧锣密鼓地在全国开展起来。去年是毛主席写这两首诗歌六十周年，我们丹徒也举行了纪念宣传活动，六十年来几代血防人不忘毛主席的诗歌，每年春季开始开展血防工作。

（7）丹徒区血防工作是几代人努力的成果，不同年代的血防工作有不同的环境、不同的条件。二十多年前，我刚调到爱卫办工作，办公室有两位老同事，都是老血防医务工作者。一位男的姓杨，南医大五年制老本科生；一位女的姓杭，医专毕业，两位都是很专业的医生，他们时常告诉我以前血防工作的辛苦和艰难。说六十年代，他们刚工作时，都是常挑着扁担带着随身衣物和棉被及其他东西过江下乡，一去就住两个月。带着粮票和钱吃住搭伙在村里老百姓家里。

（8）那时条件非常艰苦，民间姑娘婚嫁有说法："嫁人不嫁血防郎！"说：那时病人很多，都来不及治疗，在我们县有个皮防所，每天杨主任亲自做晚期血吸虫病人脾切除手术都有几例。在一个县级皮防所，能有这样的手术，可见当时血防工作非常严峻。

（9）现在区里的中坚力量多是七八十年代出生的人，也有90年代出生的新生力量，他们的工作条件和环境都要好很多了，交通也便利多了。每到春季查螺灭螺，江滩湖泊重点布防，现在工人喷洒药物都是机器操作，个人防护措施也得当，比以前人工喷洒好很多。

（10）血吸虫病是一种严重危害人体健康的传染病，是一种寄生虫病，主要通过接触疫水而发生感染，在我国流行已有2100多年的历史，主要流行于长江流域及以南的上海、江浙等地。血吸虫病发展到了晚期，病人的肚子逐渐胀大、积水，因此有些地方把这种病叫作“大肚子病”

（11）现在，随着农村家庭改水、改厕等工作的开展，人民生活条件的好转，血防工作的持续推进，江滩治理部署等，感染血吸虫病的人越来越少了，达到消除的程度，但也不能刻意放松，因为多年的成果也有可能一夜被毁，需要很多部门的通力配合。

1. “除四害”指的是苍蝇、蚊子、老鼠、蟑螂吗？

2. 阅读全文，文章中提到省城来的女专家吃饭为什么不动筷子？

3. 画线部分毛泽东诗歌中提到“小虫”指的是什么？

4. 阅读全文，“大肚子病”指的什么病？

参考答案：

1. 是的。

2. 怕感染血吸虫病。

3. 血吸虫。

4. 血吸虫病晚期。

家谱记录我们的根

（1）六月的一个星期日下午，我去博物馆听取某专家讲考古发现的课，专家讲镇江孙家村的考古发现，是个小型城址的格局，始建于西周早中期，延续使用至春秋早中期，是吴国的起源地。而吴国是北方周人跟本地土著荆蛮人相结合而形成的诸侯国，吴文化也就是中原华夏文化和镇江当地荆蛮人文化相融合的文化。

（2）由此我想到——我来自哪儿？我父母老家在苏北涟水农村，父亲的老家村子叫唐渡，母亲的老家村子叫蒋西庄，都是两个大村，村里90%以上的人都是同一个姓，而且都有自古至今保存下来的家谱。家谱记录了整个家族繁衍的历史经过，家谱的传承也很有讲究，每一代传给家族中最有威望、文化学历最高的人。每隔一段时间，都会召集家族人员商量，把族谱整理翻新一下。这个是家族的传家宝，会用心妥善地保存，轻易不给外人看。村里人的名字按辈分来起的，同一辈中间会有相同的一个字，延续传承给下一代，而且是通过男的来传承。比如我父亲是“国”字辈，到我们这一辈是“士”字辈，下一辈就是“文”字辈。我弟弟的孩子就要按“文”字辈起名，而我的孩子不用。一次，我去南京参加一个同乡聚会，遇到一个“文”字辈，比我大几岁，一问老家是同一个村的，他要喊我姑姑。

（3）母亲家的家谱最早记录是：老祖宗帮助朱元璋打江山，打下后，当时由于苏州地区居住人员太多，一部分家族人员就被朱元璋从苏州赶到苏北古淮河流域岸边，一直繁衍生息至今。父亲家族族谱则记录着是从无锡整体迁移过来的。古代都是一个家族生活在一起，所以迁徙都是一个家族迁移到另一个地方，在迁移的过程中，家族的有些分支会留在别的地方，也形成一个同姓人村子。所以如果我在江苏的某个其他地方听说跟我是同姓的，而且村民都按同样的辈分起名，那肯定祖上是一家人。这些在祖谱上都会有记载。

（4）镇江档案馆发现了《苏氏家谱》，家谱修缮于 1917 年，是北宋著名的天文学家、机械制造家、医学家苏颂及后代家族系。家谱记录繁衍将近千年，现在镇江还有很多苏氏后人。苏氏后代中生于民国，现在世最年长的是苏颂后裔第三十三代孙苏士琦老人，已 98 岁，居住在丹阳，精神矍铄。

（5）现在随着人口的流动、迁移，农村人口小城镇化，很多有特色的家族村慢慢地消失了，家族人员都分散居住了，联系也少了。将来有一天，我们的后代都不知道自己来自哪里，这份血脉的传承越来越远了。

1. 家谱是什么？

2. 朱元璋是哪个朝代的开国皇帝？

3. 说说画横线的句子，为什么同辈的人名字中间“字”相同？

4．阅读全文，谈谈家谱的传承有什么积极意义？

参考答案：

1．一种以表谱形式，记载一个以上血缘关系为主体的家族世系繁衍和重要人物事迹的特殊图书体裁。

2．明朝。

3．使人不忘本，同族同辈有亲疏长幼之别。

4．意近即可，无固定答案。①寻根问祖。②道德教化积极作用。对后代修身处世影响。③传承文化④促进团结。促进家庭和国家的团结。⑤对后代起警示作用，排斥腐败，犯罪、提倡清廉，守法。

母亲与我

（1）儿子休息在家里，我跟他说："家里有桃子，你要吃吗？我削一个给你吃。"他说："不用，我要吃自己来削个。"然后，我看他一直没有动静，就开始跟他唠叨起来，说道："你要多吃水果呀，桃子富含维生素，夏季常吃对身体有好处。""你每天不吃水果不行，这样营养不均衡，容易上火……"

（2）儿子不耐烦猛地一声吼道："我知道了，你别跟我啰唆了！"

（3）我一下子愣住，心里升起一丝委屈。

（4）静下心来想，我什么时候，也变得像母亲一样爱唠叨了。想起我们小时候，母亲忙里忙外，父亲是不怎么爱做家务的，他只顾着忙碌外面的田地，母亲除帮忙父亲之外，还要忙家里的事情。母亲是家里睡得最迟，却起得最早的人。

（5）我们姐弟上学时，每日清早醒来，母亲已做好早餐，锅里烙好黄灿灿的饼子，煮好鸡蛋，并炒好菜装盘等着我们起来吃。有时我们起迟了，来不及吃就去上学，母亲会拿着饼子和煮鸡蛋跟在后面追着，硬塞给我们，嘴里说着："不吃早饭不行啊！头会被饿晕的。"

（6）母亲很疼我们，年轻时我为了身材苗条好看，有时不吃饭只吃水果，母亲会烧好饭菜，端着碗过来，不停地劝我吃，要拿勺子伸到嘴边喂我，我怎么好意思，只好接过碗吃起来，母亲才放心。

（7）与母亲在一起，她总爱跟我唠叨，会跟我抱怨父亲的不是，家里的鸡毛蒜皮，及一些老乡家或邻居家那些与我无关的事，我并不想关心，也不愿意听，可母亲总是说个没完没了，直到捂起耳朵也没有用，逼得我跟她叫起来，她才停止说话，盯着我看，眼神中透着纠结和无奈，然后走开。

（8）第二天她又会忘了似的，继续重复跟我唠叨那些事儿，直到我要发火才停。后来，我远嫁江苏，想着远离母亲，就不会再听到她唠叨了。

（9）等我有了儿子，我慢慢地理解了母亲。母亲跟随父亲从江苏到新疆支边，离家八千多里路，远离娘家亲人，生活带给她的一些困惑，她无处诉说，也无法排解。积累多了，堆在心里，她也难受，只能不停地给女儿诉说，我没有经历过生活的磨难，所以无法深切地理解她。母亲的唠叨，在我眼里，被认为是心理脆弱的表现。对于故作坚强的我来说，觉得不值一提。

（10）养儿方知父母恩。有一天，我也像母亲那样，会时常跟儿子唠叨，唠叨他的衣食住行，唠叨他不良的生活习惯，本着母爱的天意表现，认为是关爱，不是唠叨。尽管我没有母亲唠叨得那么频繁，但好多次想唠叨时话到嘴边被压回了。明白他已成人，有自己的独立生活空间，要尊重他的选择。但有时还是忍不住地想关心一下，唠叨一声。

（11）现在，母亲已跟我同在一个城市，相距得很近，我隔两周会去看看她，每次去，母亲依然跟我唠叨个没完，比以前话更多，会一个一个地问家人的事，不同以往的是，我现在能够安静地听完她唠叨了，也会就此跟她聊起来。

（12）她一会儿拿盘点心问我吃不，一会儿又赶紧到厨房下饺子给我吃，一会儿又拿来水果给我，忙个不停。我要回家了，她又唠叨："回老家你外婆给的花生米带上点……"下楼跟着我，把我一直送到小区门口公交站台，看着我上车，不让她送都不行。有时候寒冷的冬天，要等很长时间的公交，上车后望着窗外站台目送我的母亲，风吹着她的银发，我转过头鼻子酸酸的。

1. 阅读全文，母亲和作者为什么会有同样的经历？

2. 说说画横线的句子，你的理解。

3. 文章末尾，作者为什么被感动？

4. 阅读全文，从母爱的理解，谈谈你对本文的看法。

参考答案：

1. 源于同样爱子女。

2. 在母亲眼里，子女无论多大，都是孩子，永远关心孩子的生活饮食和住行。

3. 真正理解并感受母爱。

4. 无固定答案，随意谈，可谈母爱的亲身感受，也可评价母爱，还可写母爱的缺失等。

身边的善心人

（1）善良的人，简单本分，做事认真，待人真诚。在城市的角角落落，有许多善良的老实人存在，他们给城市带来温暖。

（2）几年前，我住在大市口，家附近有一家四牌楼菜市场，买菜方便。但有一阵子，我非常讨厌去这个菜市场，情愿跑去很远的菜市场买菜，婆婆感到奇怪，问我为什么？我不去，是因为我非常讨厌买肉。家里人爱喝排骨汤，之前我多次去肉摊前买排骨时，价钱高低我都不问，却发现有的摊位不光短斤少两，而且会趁我不注意，掺杂进很多劣质肉或骨头。每当回到家倒出清洗时，才发现有那么多不新鲜的肉骨头，有的还发臭。气愤地回去找他们理论，他们凶巴巴地瞪着我，没有现证，死不承认，倒成了我冤枉他们了。我一文弱女子怎么能跟他们讲理呢？

（3）后来，偶然发现菜场里有一肉摊，一男一女经营，年纪看上去起码六十多岁。本来以为他们是夫妻，后来熟悉了，知道两人是老同事，合伙经营。他们卖肉，价钱贵些，但是从来不做手脚，肉质量有保证。所以，每天他们的猪肉卖得最快，都是老客户来买，有时人多还排队。后来一年，我就一直盯着他们的摊子买肉了。

（4）春节后，有一次去菜市场买肉，转了几圈都没找到他俩的摊子，我失望地空手而归。

（5）回来后，跟婆婆谈论了这件事，婆婆说：现在菜市场卖肉的摊子都不做手脚了，或许是受了这两个老人的影响。从那以后，我买肉就放心了，随便去哪个摊子买。这就是诚信的回归。

（6）还有一位电脑公司的技术人员让我难忘。他叫陈羽，与他相识是因我单位办公室要新添置一台电脑，通过政府招标采购而来，他的公司中标，电脑送货那天，是他送来的，他帮我安装好电脑，并送我一张他的名片。

（7）电脑用了三个月就不好使了，我打电话给他公司，公司派了另一个小伙子来修。他一副很不耐烦的样子，电脑还没修好，就开口跟我要修理费，并说超过三个月要收费。我很气愤，打电话向公司经理投诉，经理也是一个腔调。后来公司派陈羽来修，我跟他说了这件事的经过，并说："你们电脑公司不能只认钱，而不考虑售后服务。很多电脑使用，出现的都是些小问题，只因为顾客买后不会使用，只要你们稍微指点一下就行了。"他听了后说："以后你有问题就找我吧。"

（8）就这样电脑使用过去了五、六年，我们也熟悉了，其间电脑更换过系统，每当出了问题，只要给他电话，马上就来帮我解决，而且还很耐心地跟我解释原因。有几次修理电脑，到了中饭时间，我要给他订份快餐，他从不答应，都是修理好就离开了。电脑很顺利地使用了几年，没出过什么大问题，让我的工作很顺利地开展。

（9）过了些时间，单位给我换了台新电脑，电脑是从别的公司采购来的，我需要把旧电脑里的一些软件材料转移过来，打电话跟陈羽约时间，他安排在星期六，我有些疑惑。他来后，我问了才得知，他早已不在那个公司，这么多年来，他都是默默地义务为我们服务，来了很多次，他都没提这事。

（10）现在他已转到别的公司工作。我很惊讶，以往他完全有理由可以跟我提出收取修理服务费，可他从来没跟我提过。事情虽小，我却被感动了。

（11）这样的善心人，祈愿好运常伴他们。

1. 阅读全文，为什么菜场里卖肉的摊贩后来都不掺次做手脚了？

2. 阅读全文，谈谈你对诚信的看法。（为人或做事）

3. 文章中陈羽是老实人吗？

4. 围绕你的生活，简单谈谈你身边的老实人或善心人（一个）。

参考答案：

1. 因为明白了诚信就是商机。

2. 无固定答案，只要正能量。我认为，为人真诚的人，利于交更多的朋友，进而对自己的事业有帮助。做事诚信的人，也更容易让人产生信任感，被领导赏识，能够把更重要的事情交给他做。做生意的人，诚信经商，招来商机，能让事业做得越来越大。

3. 是的。

4. 无固定答案，比如我的父母、奶奶、爷爷、邻居等接触到的人，在我眼里是老实人，父母教育我做老实人，带我帮助有困难的人，与人为善等，说的话，做的事简短叙述一下。

忘不了的乡味

（1）那次回新疆，到了乌鲁木齐，同学请我吃饭，问我想吃什么，我说想吃凉皮。同学惊讶地说：凉皮有什么好吃的？不稀奇，太便宜了，你当新疆没有好吃的东西了。

（2）新疆有很多好吃的美味，羊肉抓饭、烤羊肉串、拉条子等，但这便宜的凉皮曾经伴随着我的学生时代，是我永远忘不了的乡味。

（3）那时很穷困，口袋里没有多少钱，学校门口饭店里这一盘麻辣香俱全、美味的凉皮就是我们最好的美味。几个小姐妹出门，最后一起下馆子，吃得最多的还是凉皮，一盘凉皮解决了一顿饭，我们边吃边欢快地聊天，这份美味也承载了我们太多的美好回忆。现在居住的这个江南城市，到处都有卖凉皮的，我也时不时地会去吃一下，哪家口味好，就会多光顾。

（4）在新疆，还有一道美味，就是牛肉面，细细的如银丝般的面条是用手工拉出来的，面条下锅后，很快地捞起，浇上热热的牛肉汤，撒上牛肉粒、葱花等，清爽地汤面上飘着葱花，喝一口汤，酸辣爽口，让人回味无穷。回新疆博乐时，我曾去学生时代去过的地方找那家兰州牛肉面馆，城市变化很大，已找不到了，我的味道定格停留在了学生时代。后来，在别的地方再也没有吃过那么好吃的牛肉面。

（5）还有让我回味的乡味，是小时候母亲常给我们做的韭菜盒子，还有外婆的枣糕和豆花。以前在苏北涟水老家上高中时，到了晚上十点多钟下晚自习，我们走在回宿舍的路上，常会看到有人卖韭菜盒子，我和同学会各自买上一个垫垫肚子。韭菜盒子油水不多，但也是让我们回味的美味。现在同学们在一起聊天时，还偶尔会提起那宵夜的韭菜盒子。

（6）每到过年前，外婆就会做枣糕，松软香甜又略带发酵酸味的枣糕，是我的最爱。听外婆讲是用米粉和红薯粉掺和在一起发酵做成的，隔水蒸好，上面点缀着一颗颗的红枣和蜜枣。

（7）还有就是豆花。春节前，外公外婆在农家院子里的石磨上磨好豆子，然后倒入一个长长的、大的纱布中，两个人在两头各抓住纱布，来回晃动着过滤，下面放一大木盆兜着。这是个力气活，挺累人的。滤下的豆浆水放入已烧好热水的大锅中，卤水点豆腐，很快锅里飘着嫩嫩的白色的豆花，每次外婆总要盛出一碗热腾腾的嫩豆花给我吃，放点麻油、酱油，咸菜豆丁，味道美极了。锅里的豆花再继续煮，就变成豆腐了，这也是春节里待客的美味，老少皆宜，让我们度过一个平安的年节。

1. 兰州牛肉面是哪个省份的特色美食？

2. 阅读全文，文章中的几样美味，你吃过吗？

3. 阅读全文，谈谈你有什么难以忘记的家乡或生活地方的美味。

4. 你知道做豆腐时，“卤水”起到什么作用？

参考答案：

1. 甘肃。

2. 无固定答案，文中的几样都吃过，或没吃过。

3. 无固定答案，我难忘记的新疆美味有：大盘鸡、烤羊肉串、馕饼、拉条子等。

4. 使胶体溶液凝结成豆腐。

寻找大辫子

（1）我们班的同学终于找到大辫子了，把她拉入同学群里。每个同学都在激动、欢呼。高中时段的一幕幕美好记忆浮现出来。

（2）大辫子是我们涟西高中的同班同学，她从外县来，有着微黑的皮肤，深邃的大眼睛、苗条的身材，最突出的是两条乌黑发亮的长长大辫子，长及腰间，令我们女同学很羡慕。

（3）那时大辫子跟我同桌，我们共用一个煤油灯学习，有时她会告诉我她的烦心事。她一个农村女孩子，在家中是老大，因父母被传统世俗观念限制，不支持她读书，但她执拗地来到这个外乡学校读高中，艰难程度可想而知。后来她的父母妥协了，会通过邮局邮寄些生活费给她。

（4）那时我们都太穷，她住在舅舅家里，舅舅会克扣她的生活费，使她的学校生活难以维持下去。在老师、同学的帮助下，她从舅舅家里搬出来，跟我们一起住校。多年后再回首那段高中生活，真苦。每天早晚二两馒头加一碗很稀的米粉粥，就着家中带来的咸菜。中午是自己把能装二两饭的盒子放在食堂铁制盘子里，食堂师傅淘洗好米后均匀分配生米放在每个饭盒里，隔水蒸熟。

（5）毕业后同学们各奔前程，没有联系，十六年后，我们才又相聚在一起，并组建了微信同学群，彼此谈起一段段的校园往事。纯真的年代，班长说起他当时喜欢的一个女同学，就是大辫子。有一年暑假，班长曾经骑着自行车，后面驮着大辫子到他的村里老家去过，当时他有心于大辫子，然而落花有意，流水无情。

（6）跟着班长的美好回忆，好多女同学开始在家里翻找旧照片，找出很多张跟大辫子一起合影的照片。她穿着红毛衣，美丽的辫子自然地摆在胸前，女同学们纯真美好的形象留在了那个80年代末。

（7）于是，大家开始互相打听，寻找大辫子。班长跑到大辫子的亲戚家打听她的消息，却一无所获。有在公安局工作的同学去查找她，也没有找到。连云港的同学托人四方寻找，到她老家的村上去找，也没打听到她人，找到的是同名同姓的人，不是她本人。这下引起群里所有同学的关心，纷纷多方打探，一些同学往她亲戚家跑了很多趟，她的亲戚欲言又止，就是不说出她的任何情况。有一次，我到南京学习，遇到一位赣榆县的同行，同住在宾馆一房间，向她打听，她帮我打电话去问朋友，最后也没有问到情况。

（8）按说现在交通发达，信息畅通，找一个人不难，可我们同学断断续续地寻找她有十多年了，人海茫茫，不知人在何处？

就在大家不抱希望时，有同学托人终于找到了她，把她拉入同学群里，同学们很激动，这几天与大辫子都沉浸在同窗回忆中。原来，大辫子过得很好，没有远嫁，2000 年前还住在娘家村里，后来结婚、生子，过着自己的日子。

1. 这篇文章用了什么样的手法来描写？

2. 阅读全文，为什么作者的同学想尽办法寻找大辫子？

3. 阅读全文，谈谈作者想要表达的意思。

4. 你有难以割舍的同窗友情吗？是什么？简述一下。

参考答案：

1. 叙事。

2. 因为这份同窗情谊。

3. 没有固定答案，一起在学校度过美好时光，建立友情，分隔十多年，还难以忘怀，多方寻找，关心她的生活，联系上，叙叙旧，维持这段友情。

4. 有或无，有的话，简述一下跟谁在一起快乐相处或互帮的小故事。

寻找童年的足迹

（1）那天中午我走在老街上，看到有男女老少四五个人，像是外地来的，在街上一家一家地寻访人。

（2）他们走到一幢老楼前一户人家门口，其中有位六十开外的妇人，跟那家女主人说，“我小时候家就住在旁边，后来我嫁到了上海，几十年了，这次回来想看看以前的老邻居，现在镇江变化真大呀，都不认识路了，以前这条街上有个老张子，你知道吗？”

（3）女主人说：“老张子就是我父亲”，老妇人说：“我姓万，我小时候就在这条街上长大，你还认得我吗？”然后女主人就把他们请进屋里说话了。

（4）记得以前曾在本地电视上看到一位海外归来、年龄七十开外的女作家回到镇江，也是寻访自家的老屋。她离开镇江有五十年了，没想到居然还找到了老屋。看到童年住过的老楼依然还在，尽管房子已经不属于自己了，可里面的结构还没变，木质的梯通上下楼，二楼自己曾经住过的闺房还在，让她非常激动。

（5）她开心地笑着，像个孩子似的，楼上楼下的到处跑，这看看，那摸一摸，回忆起自己的童年曾在这幢楼里的生活场景，一幕幕记忆浮现在脑海中，犹如发生在眼前。

（6）现在城市到处在旧城改造，拆迁了大批的旧式房屋，建起现代化的高楼，人们的居住条件有了很大改善，只是很多人心里面还有些失落感，因为他们寻访不到童年的足迹了，所有的美好记忆只能留在心间。

（7）前段时间，我到大西路去寻访历史文化建筑“于宅”老屋，听人讲，这老屋曾被人拍成视频带到加拿大参展，被一位曾在于宅宅院住过的叫“于在良”的后人看到，他旅居加拿大，已八十多岁高龄，看到老宅的视频后，顿时老泪纵横，那是他出生的老宅，是他成长的地方，有着太多的回忆和眷恋。

（8）前年，我回新疆时，到我家以前老房子去过，这老房子有三十多年了，是个土砖混合建的房子，当时建房时，很多砖块都是我们姐弟跟着父母一起搬的。房子和院子里没有什么变化，院里房前仍种着蔬菜，屋内的家具都在，只是院旁边的一棵柳树已长得很粗壮了，那是我们亲手栽下的。

（9）在我心中，老屋无论多么破败，我都不嫌弃。那里面总有我留下来的东西，有成长的足迹，有失落的泪水，有一双无形的手将我与老屋牵连，也有一丝丝情愫令我牵挂着。

（10）有位周女士从小生活在横街周家老宅里，她说小时候，跟着奶奶一起生活，每天背着书包穿过巷子去上学，后来初中才去上海跟随父母。那窄窄的小巷是她一辈子的记忆。有一年，她回到老宅，门锁已给住在里面的堂哥换了，她进不去，边哭着边围着老宅院墙转圈……

（11）实际上，这老宅里房子产权是划在周女士父亲名下的，她父亲早在上世纪九十年代就办了产权证。住在老宅里的亲戚总盼着老宅赶快拆迁，好拿到一笔钱，而周女士不希望拆掉老宅，她对老宅总有一份割舍不掉的情分，那便是童年的足迹。

（12）这世间，已有很多人寻找不到童年的足迹了，她还是幸运的。

1. 阅读全文，为什么海外归来的女作家看到老屋激动不已？
2. 江苏镇江是历史文化名城吗？
3. 谈谈周女士对老屋有着怎样割舍不了的情怀？
4. 画线部分句子作者想表达的意思是什么？

参考答案：

1. 意对即可，她有恋旧情怀。

2. 是的。

3. 意对即可。①小时候跟奶奶在一起生活在老屋里，对奶奶的想念。②上小学住在老屋，对老屋的眷恋等③对老屋的记忆。

4. 意对即可，旧城改造，城市老屋拆迁，不能全部拆掉，很多有历史文化价值的建筑需要修缮保护，给爱家乡的人留下想念和记忆。

通往幸福的过道

（1）童年记忆中，我住在师医院里。师医院是个凹字形二层楼，一楼有一条长长的、南北走向的过道，东西走向过道很短，是个出入口。

（2）小小的我站在过道的中心东入口玩耍，望向两边，看着来来往往的穿着白大褂的医务人员在忙碌，不时地推着车，车上躺着病人，有的推向南边，有的推向北边。北边是外科手术室，我在几年的时间里，频繁地被安排进入那里。

（3）小时候的我，让父母很不省心，两岁的时候，母亲去看望一个生孩子的老乡，把我一人留在家里，父亲出门上班去了，家里锅炉烧着火，锅里煮着饭。我饿了，就自己走向锅炉边，结果炉火烧着我的棉衣，幸亏父亲回来早，救了我。

（4）当时火把我的胳膊肘烧伤了，为此留下了永久的伤疤，我在师医院里住了一年多。

（5）三岁时，我在家附近路边玩耍，一个大孩子路过，他将一根树枝深深地插入我的腋窝，为此我又到师医院里住了两年，不断地做清创手术，直到五岁多痊愈出院。

（6）成年后，远离伤害是我的目标，小心地收藏起深埋的自卑，不渴望爱人，只希望被人爱就行了。感情止步于伤害前，面对世俗的眼光、惨淡的现实、失落的青春，转身收起美好的心愿，清醒地面对过往的岁月。

（7）哪有什么美好的爱情？只是骗骗单纯的多情人儿。当生存与自尊的伤痕，血淋淋地摆在面前，你还会去追求那虚无缥缈的爱情吗？

（8）多美丽的情诗也磨平不了那颗受伤的心，唯有一颗坚强的心，才能面对身外的一切，没有谁是救世主，无法帮你承担苦与痛，无法帮你扫清落在身上的残迹和尖刺。

（9）职场上的利剑会刺着你，嫉妒像毒蛇的毒液时常缠绕着你，无法绽放的青春和火热，不完美的世界存在，沉默地并坚忍地适应着。

（10）试着寻找通往幸福的过道，那里鲜花满园，芬芳四溢，那里空气清新，繁星闪烁。那是我们精神的家园。只是通往那里的路，不太好找，我们要勇敢起来，总有一条捷径会让我们找到。

（11）央视主持人董卿曾经在一篇文章中说到父亲对她成长期的教育。初高中青春期时，正是女孩子爱美的年龄段，他的父亲不允许她穿上漂亮的衣裙上学校，只是身着朴素简单的装扮，理着短发，让她专心地把精力用于学习上面。

（12）豆蔻年华的董卿不理解父亲，当她成年后，衣着光鲜地站在华丽的舞台上，尽情地绽放她的美丽和才情时，她明白了父亲的良苦用心。

（13）家里有一盆君子兰，春天，君子兰开着火红的、绚烂的花朵，花期能保持一个月。然而，花开过后，花朵凋零，两旁宽大的绿叶会枯萎，那样子很丑陋。

（14）待到再开花时，有时要等待很长时间，也许一两年，主人要不断地给它施肥、浇水，叶子的中心冒出新的绿叶，然后，它才会相继抽苞绽放，重新开出美丽的花朵。

（15）人的生命也是一样，不能经历过早地绽放，要不断地修行，丰富自己的内涵，有了足够保护和提升自己的能力，让自己变得强大，总有一天，会有精彩绽放的时刻到来。

1. 阅读全文，作者小时候为什么那么容易受到伤害？

2. 阅读全文，央视主持人董卿的父亲为什么不允许她穿上漂亮的衣裙上学校，而只是身着朴素简单的装扮，理着短发？

3. 君子兰盛开后凋零，是自然规律吗？

4. 画横线句子作者想要表达的意思是什么？

参考答案：

1. 一是弱小，没有自我保护的能力。二是父母监护不力。

2. 董卿的父亲想让她在学生时代把精力都用在学习上，而不是用在装扮上，提高自己的知识水平，不断增强自己的本领。

3. 是的。

4. 意对即可。人和植物君子兰一样，我们在该学习的时候，如学生时代，要好好地学习，丰富自己的内涵，掌握知识，让自己变得足够强大，有了生存的技能，也有了保护自己的能力，将来走向社会才能适应环境。

我做博物馆讲解志愿者

我做博物馆讲解志愿者已有三次了，现在负责讲解的是博物馆内的浮雕墙。

浮雕墙上主要是镇江的历史名人。第一次试讲解时我很紧张，特意请来一位熟悉镇江历史的朋友听我讲解，想如果在讲解过程中，我忘了讲解词，他可以帮我补充。开始讲解还算顺利，后来，没想到这位朋友还给我填加很多讲解内容，让我的大脑顿时膨胀，有点儿发晕了。

我第一次讲解服务的客人是一对年轻夫妻，他们听到一半就听不下去了，客气地跟我说有事要先走。接下来，来了一拨客人，我吸取先前的经验，索性不背稿子，放开胆量讲，想到什么就讲什么，不停顿地对浮雕墙上的每一个人物做讲解。讲完后，我顿时清楚了，讲解词也更加记忆深刻。

又来了一对老夫妻，老先生对浮雕墙的历史人物很感兴趣，不停地问我问题，我讲到孙权于公元 209 年在镇江建立铁瓮城，他问孙权是镇江人吗？我说不是。我讲到刘裕的父母刘皇墓在镇江谏壁雩山，他问刘裕墓在镇江吗？我讲到扬子江战役，他又追问这是什么战争，谁领导的？那天我还讲到北固山卫公铁塔、金棺银椁，金棺中发现有释迦牟尼的舍利子，他问法门寺的舍利子是怎么回事？后来又有人问浮雕墙上“天下江山第一楼”是什么意思，一连串的问题，问得我头脑发蒙，我什么都不知道，只能把讲解词机械地讲给他听。

晚上回到家，我上网一一查找，好在360、百度上都能查到，使我了解了更多。几次讲解经历，我服务了上百位游客，得到了他们的感谢、赞赏和认可，同时我也学到了很多历史知识，我在传播知识的同时也丰富了自己、锻炼了自己。

每有客人来，我就跟客人说：“你好，对浮雕墙感兴趣吗？想听的话，我帮你们义务讲解，我是志愿者。了解了这面浮雕墙，也就了解了镇江的历史人物，你们到各景点参观也就更明白了。”我的志愿讲解之路还将一步一步地踏实走下去。

1．阅读全文，“博物馆讲解志愿者”是做什么事情的？

2．文章中提到的孙权是三国时期东吴国的开国皇帝吗？

3．这篇文章用了什么样的手法来描写？

4．谈谈你对画横线句子的理解。

参考答案：

1．意对即可。就是讲解员对博物馆里陈列的文物或其他物品，如历史浮雕墙等，不求回报、自愿地对来博物馆参观的观众进行相关历史知识方面的讲解和服务。

2．是的。

3．叙事。

4．意对即可。作者在志愿讲解的过程中，得到观众的认可和赞许，对历史文化知识的掌握进一步得到拓展，让自己得到锻炼，有了文化素质的提升，奉献别人，收获自己。